Sommaire

Un si joli mensonge

Un si joli mensonge

CHAPITRE 1

MON ENTOURAGE N'EUT DE CESSE DE ME FAIRE COMPRENDRE À QUEL POINT IL DÉSAPPROUVAIT MA DÉCISION D'ALLER ÉTUDIER DANS UNE UNIVERSITÉ DIFFÉRENTE DE CELLE QUE J'AVAIS PRÉVUE INITIALEMENT...

« TU ES DEVENU FOU OU QUOI ?! »
« TU VAS LE REGRETTER TOUTE TA VIE ! »

IL FAUT BIEN DIRE QUE JE N'AVAIS JAMAIS ÉTÉ UN GÉNIE EN ARTS PLASTIQUES.

*UNIVERSITÉ DES BEAUX ARTS TEIÔ

ET NOTRE RENCONTRE ME CONFIRMA LA JUSTESSE DE MES RÉFLEXIONS.

LA PROJECTION DU DÉPARTEMENT AUDIOVISUEL VA SE DÉROULER À OGIKUBO, ON Y VA ?
LES GARS DE LA SECTION M'ONT DEMANDÉ D'INVITER LE PLUS DE MONDE POSSIBLE À LA SOIRÉE.
J'Y VAIS !
J'AI ACHETÉ UN T-SHIRT DU DÉPARTEMENT DESIGN. LE NOIR ET BLEU !
KUROSU, QU'EST-CE QUE TU FAIS ?
HEIN ? ENCORE ?!
AH... HA HA, DÉCIDÉMENT, IL L'AIME, CE TABLEAU !

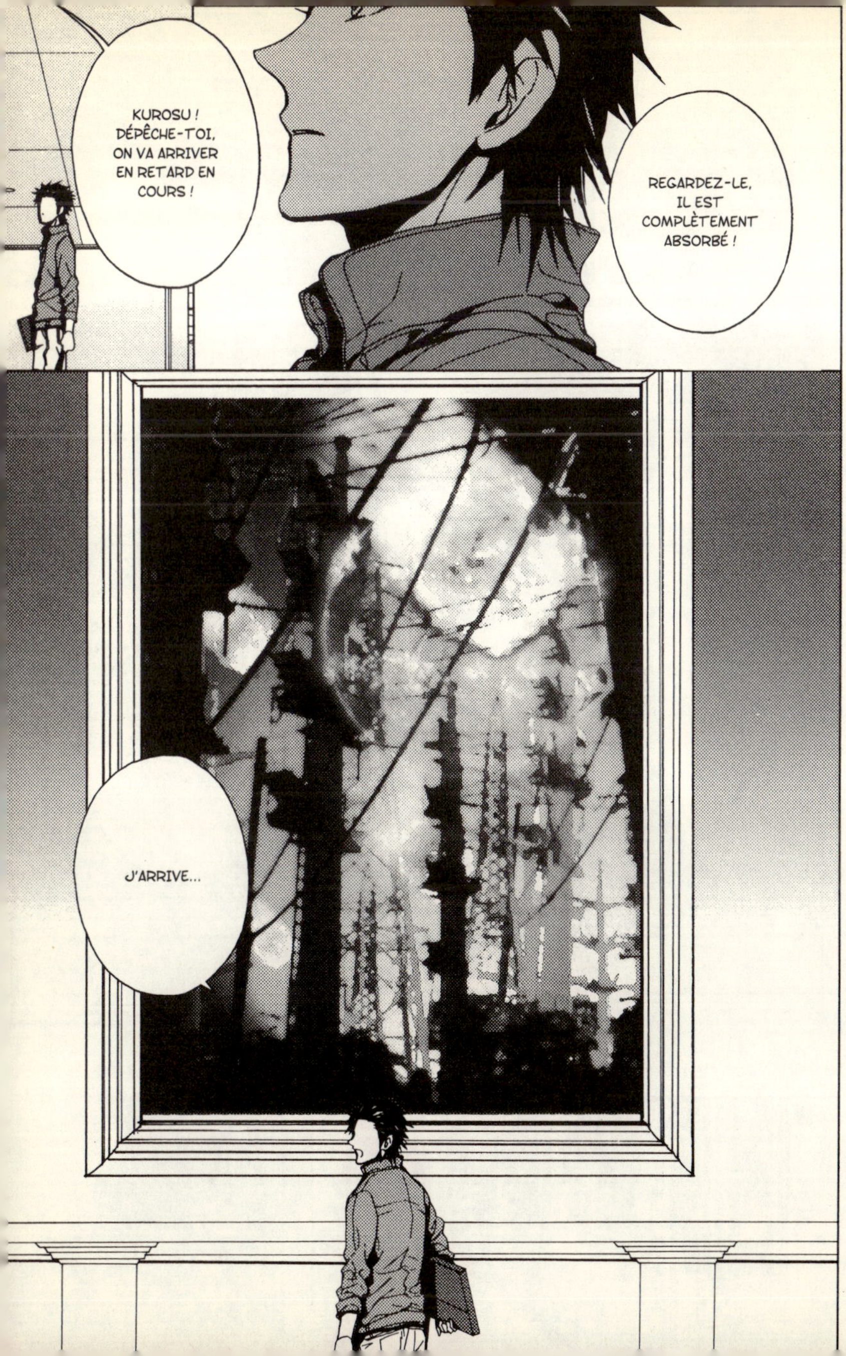
REGARDEZ-LE, IL EST COMPLÈTEMENT ABSORBÉ !
KUROSU ! DÉPÊCHE-TOI, ON VA ARRIVER EN RETARD EN COURS !
J'ARRIVE...

*最終 00:47 Local 各駅停車
終点までの各停車駅は
*DERNIER TRAIN 00:47
LE PROCHAIN TRAIN VA BIENTÔT RENTRER EN GARE. ATTENTION, DERNIER TRAIN...
OUF, J'AI ENFIN PU M'ÉCHAPPER DE CETTE SOIRÉE... !

FAITES ATTENTION À NE RIEN OUBLIER DANS LE TRAIN.
VÉRIFIEZ BIEN VOS AFFAIRES AVANT DE DESCENDRE.
PROCHAIN ARRÊT, TAKANODAI, OUVERTURE DES PORTES CÔTÉ DROIT.
CLANG
PSCHIOUAH
TAKANODAI, TAKANODAI.
RÉVEILLE-TOI.

TAKANODAI, TAKANODAI.
AH
ATTENTION À LA FERMETURE AUTOMATIQUE DES PORTES.
AH !

ダッ
TAP
ATTENDS !
TON PARAPLUIE !
TU L'AS OUB...

PSCHIOUWH
CLANG
!!!

VROOOOOOM
C'EST TA STATION ?
PAS VRAI-MENT.
弓狩
*YUKARI

AH, EUH... KUROSU, C'EST ÇA ? C'EST LÀ.
J'ARRIVE.
VRAIMENT DÉSOLÉ D'ABUSER DE TON HOSPITALITÉ.
JE T'EN PRIE, JE VIS SEUL, FAIS COMME CHEZ TOI.
ALORS COMME ÇA, ON EST DANS LA MÊME FAC ?
TU ÉTUDIES QUOI ? L'HISTOIRE DE L'ART ? LA THÉORIE DES TECHNIQUES ?
UN PEU DE TOUT. CONTRAIREMENT AU DÉPARTEMENT PEINTURE, ON N'A QUASIMENT PAS BESOIN DE SAVOIR DESSINER.
J'AI JUSTE LES BASES. SI TU VOYAIS MES ESQUISSES, TU RIGOLERAIS BIEN.

AH OUI ? PERSONNELLEMENT, JE PENSE QUE L'ART EST QUELQUE CHOSE D'AFFECTIF ET DE PERSONNEL, ET QU'ESSAYER DE L'EXPLIQUER PAR DES MOTS EST UN NON-SENS TOTAL.
N'HÉSITE PAS À PRENDRE UNE DOUCHE SI TU VEUX.
JE VAIS TE FILER DE QUOI TE CHANGER. ENSUITE, POUR DORMIR...
ZIOUP
FLAP

NU
ON SE SERRERA UN PEU DANS MON LIT, ÇA SERA TOUJOURS MIEUX QUE DE DORMIR PAR TERRE.
HEIN ?!
BLANC...
MINCE...
SENSUEL...
EUH... STOP STOP STOP STOOOP !
HEIN ? ATTENDS, TE DÉSHABILLE PAS COMME ÇA, QUOI !
HN ? TU VOUDRAIS QUE JE DORME HABILLÉ ?

QU'EST-CE QUI T'ARRIVE, TU ES TOUT PÂLE ?
ÇA TE GÊNE DE DEVOIR DORMIR AVEC MOI ?
MAIS NON, C'EST JUSTE QU'ON NE SE CONNAÎT PAS ET QUE TU ME LAISSES RENTRER CHEZ TOI COMME SI ON ÉTAIT DE VIEUX AMIS.
ATTENDS, NE ME DIS PAS...
QUE TU AS L'INTENTION
DE REFUSER MES AVANCES MAINTENANT ?

BOBOM
BOBOM
BOBOM
BOBOM
PFFF.
QUOI ?!
ET TOI TU ME CROIS EN PLUS !!
RHOO LA TÊTE !
FIOUT
COMME ÇA !
HA HA HA HA !!!
Rhaa
Rhaa
ESPÈCE DE... !
TU T'ES BIEN FICHU DE MOI !!
TE FÂCHE PAS !
EN FAIT, CE N'EST PAS LA PREMIÈRE FOIS QUE JE TE VOIS.
JE T'AI DÉJÀ APERÇU EN TRAIN DE DÉVORER DES YEUX MON TABLEAU DANS LE COULOIR.
ET PLUSIEURS FOIS EN PLUS !
NOOON, IL M'AVAIT REPÉRÉÉÉ !!

JE N'AI PAS POUR HABITUDE D'INVITER N'IMPORTE QUI CHEZ MOI,
MAIS TU M'AS L'AIR D'ÊTRE UN TYPE BIEN.
MAIS JE SUIS DE BONNE HUMEUR AUJOURD'HUI.
LA PREMIÈRE FOIS QUE J'AI APERÇU TON TABLEAU,
J'AI EU UN VÉRITABLE CHOC.
COMME SI TES COUPS DE PINCEAU M'AVAIENT POIGNARDÉ.
HÉ HÉ
IL NE FAUDRAIT PAS QUE TU CROIES
QUE MON TALENT S'ARRÊTE À CETTE TOILE.

IL ME RESTE ENCORE TROP DE CHOSES À DÉCOUVRIR.
LA SEULE VÉRITÉ QUI MÉRITE D'ÊTRE POSÉE SUR UNE TOILE, JE VAIS TE LA DONNER.
« PAS MÊME LA PLUS PETITE OMBRE DE MOISISSURE NE DOIT TACHER LE MOINDRE FRUIT DONNER EN OFFRANDE AU SEIGNEUR. »
C'EST TIRÉ DU ROMAN D'UN CÉLÈBRE ÉCRIVAIN DONT J'AI OUBLIÉ LE NOM.
IL SUFFIT QUE TON CŒUR S'EMPARE NE SERAIT-CE QU'UNE SECONDE DE TON PINCEAU POUR FAIRE POURRIR TOUT CE QU'IL POURRAIT DESSINER...
CROIS-TU VRAIMENT QU'UNE ŒUVRE AINSI CRÉÉE VAUT VÉRITABLEMENT LA PEINE D'EXISTER ?

...
HM ?!
SON PIED, IL EST GLACÉ !!
ATCHOUM !!
HAA !

IL...
IL A FROID ?
SNIRFL
IL N'A QU'À SE COUVRIR UN PEU PLUS !

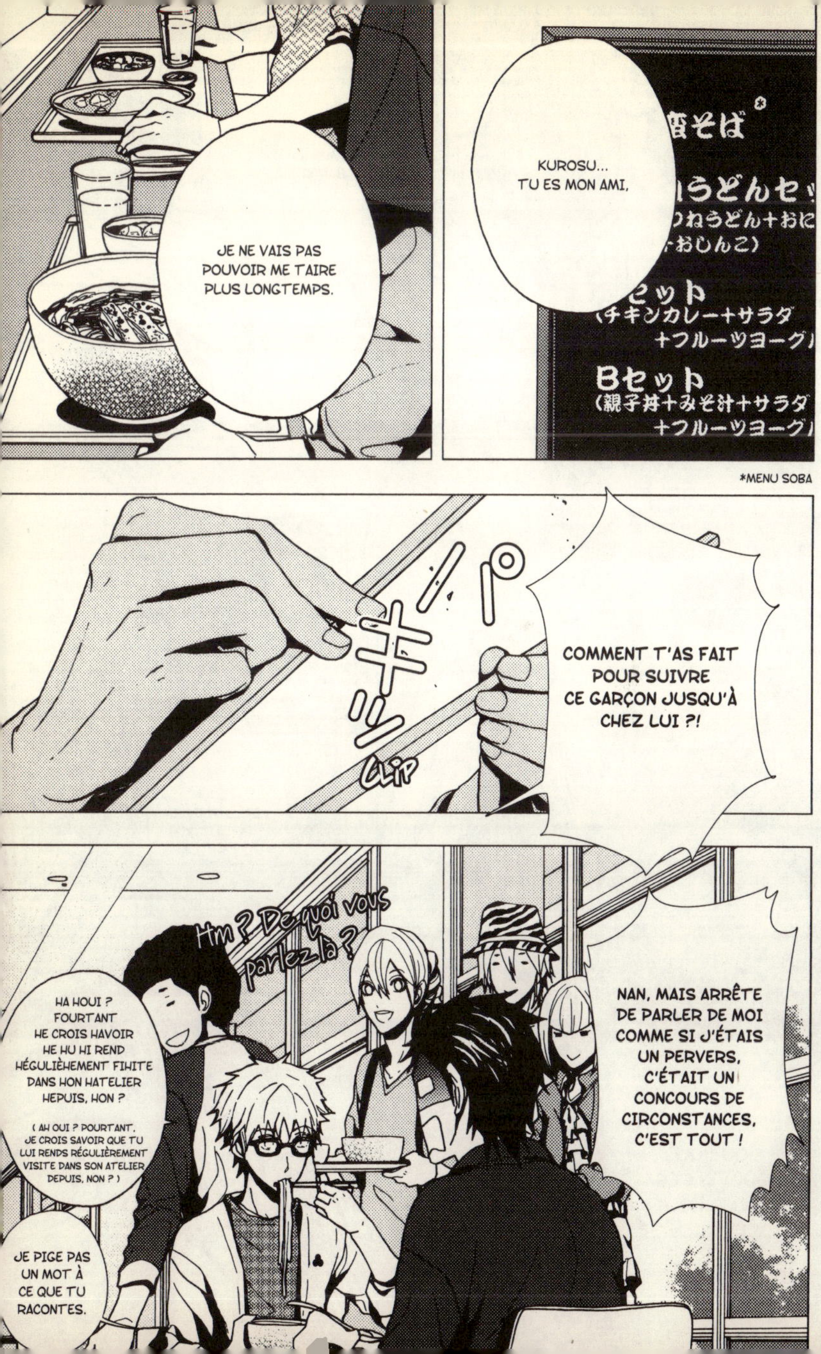
KUROSU... TU ES MON AMI.
JE NE VAIS PAS POUVOIR ME TAIRE PLUS LONGTEMPS.
Bセット
パキッ
CLIP
COMMENT T'AS FAIT POUR SUIVRE CE GARÇON JUSQU'À CHEZ LUI ?!
NAN, MAIS ARRÊTE DE PARLER DE MOI COMME SI J'ÉTAIS UN PERVERS, C'ÉTAIT UN CONCOURS DE CIRCONSTANCES, C'EST TOUT !
Hm ? De quoi vous parlez là ?
HA HOUI ? FOURTANT HE CROIS HAVOIR HE HU HI REND HÉGULIÈHEMENT FIHITE DANS HON HATELIER HEPUIS, HON ?
(AH OUI ? POURTANT, JE CROIS SAVOIR QUE TU LUI RENDS RÉGULIÈREMENT VISITE DANS SON ATELIER DEPUIS, NON ?)
JE PIGE PAS UN MOT À CE QUE TU RACONTES.

*MENU SOBA

QUEL BORDEL DANS CETTE BARAQUE... !
BAZAR TOTAL
ARRÊTE DE TE PLAINDRE, C'EST TOI QUI VOULAIS VOIR MES PEINTURES NON ? JE T'EN PRIE, FARFOUILLE COMME BON TE SEMBLE.
MOUAIS.
C'EST PLUS DE LA SPÉLÉOLOGIE QU'AUTRE CHOSE, LÀ.
JE VAIS COMMENCER PAR RANGER UN PEU...
OUPS !
SCHPLAF
HEIN ?
SCHLAF
QU... QU... QUOI ?! C'EST QUOI TOUT CET ARGENT ?!

AH, C'ÉTAIT LÀ-DEDANS ? TU N'AS QU'À LE POSER SUR LA TABLE.
ÇA CRAINT LÀ, NON ? ÇA CRAINT !
ARRÊTE TON CHAR, C'EST JUSTE LA RECETTE DE MES EXPOSITIONS... JE N'ARRÊTE PAS DE PERDRE MES CARTES DE CRÉDIT,
ALORS MON MANAGER M'A CONSEILLÉ DE M'ACHETER UN COFFRE POUR Y ENFERMER CES BILLETS.
ブル BRR
ブル BRR
ブル BRR
Hé Hé
MAIS J'AI OUBLIÉ LE CODE AVANT MÊME D'AVOIR PU L'OUVRIR !
TU TE FOUS DE MOI ?! METS TOUT ÇA DANS UN SAC ET VA L'ENTERRER DANS TON JARDIN !!
L'argent, c'est important !!
AH, EXCELLENTE IDÉE !
HAAAA...
?

COMMENT TU AS FAIT POUR DEVENIR SON AMI ? ON AIMERAIT BIEN LE RENCONTRER NOUS AUSSI.
J'EN SAIS RIEN, ÇA S'EST JUSTE FAIT COMME ÇA. ON S'EST BIEN ENTENDU, VOILÀ TOUT.
ATTENDS, ON PARLE BIEN DU MÊME « YOHITO YUKARI » ?
TU NE TROUVES PAS QU'IL EST COMPLÈTEMENT DIFFÉRENT DE L'IMPRESSION QUE DONNENT SES PEINTURES ?
OUI, JE SUIS BIEN OBLIGÉ DE L'AVOUER MOI AUSSI.
C'EST EXACTEMENT CE QUE J'AI PENSÉ LA PREMIÈRE FOIS QUE JE L'AI RENCONTRÉ.
MAIS EN SENTANT LA FROIDEUR DE SES PIEDS... EH BIEN...
J'AI TROUVÉ COMME UNE COHÉRENCE ENTRE LUI ET SES TOILES.

SALUT.
ENCORE ENFERMÉ DANS TON ATELIER ?
HM, OUI.
TU AS MAIGRI, NON ? TU MANGES CORRECTEMENT ?
Hmm...
HM, JE NE SAIS PLUS TROP SI J'AI FAIM OU NON, JE NE ME RAPPELLE MÊME PLUS QUAND J'AI AVALÉ QUELQUE CHOSE POUR LA DERNIÈRE FOIS.
HEEIN ?! TU VEUX MOURIR OU QUOI ?!

HAA... JE RÊVE ! À TON ÂGE , TU AS VRAIMENT BESOIN QUE JE T'EXPLIQUE POURQUOI IL EST NÉCESSAIRE DE T'ALIMENTER ?!
BISCUITS ET RESTES DE MIDI
COMMENCE PAR TE REMPLIR L'ESTOMAC AVEC ÇA, ON VERRA APRÈS POUR LA SUITE.
LA PROCHAINE FOIS, PASSE À LA MAISON, JE TE PRÉPARERAI À MANGER AVANT QUE TU MEURES DE FAIM, D'ACCORD ?
ET N'HÉSITE PAS À M'APPELER SI TU AS BESOIN DE MOI !

ÇA FAIT UN PETIT MOMENT QUE JE NE L'AI PAS VU, IL EST ENCORE VIVANT ?
J'ESPÈRE QUE JE NE VAIS PAS LE DÉRANGER EN PLEIN TRAVAIL.
CLANG
CRAAAC
DAAASH

GRML...
GRML...
GRML...
LA RECHERCHE, L'EXPLORATION, L'IRRITATION, LE CONFLIT INTERNE... J'AI EU DU MAL À M'Y FAIRE AU DÉBUT.
MAIS SI JE ME FIE À CE QUE YUKARI M'A EXPLIQUÉ,
TOUS CES SENTIMENTS FLOTTENT EN PERMANENCE AUTOUR DE LUI, TELLE UNE FUMÉE INVISIBLE.
IL NE FAIT QUE TENTER DE SE LES APPROPRIER POUR LES POSER SUR SA TOILE, EN RESSENTANT AU PLUS PROFOND DE LUI-MÊME CHAQUE INSTANT,
CHAQUE ATOME L'ENTOURANT...

AH.
IL VIENT DE TROUVER L'INSPIRATION.

JE SAIS PARFAITEMENT QU'IL M'EST IMPOSSIBLE DE PÉNÉTRER DANS SON MONDE.
STOP
OUHAAAA !!
VACILLE
OH !! YUKARI !!
QU'EST-CE QUI T'ARRIVE ? ÇA VA ?!
AH... ÇA DOIT ÊTRE PARCE QUE ÇA FAIT TROIS JOURS QUE JE N'AI NI DORMI... NI MANGÉ...

NE ME DIS PAS QUE TU NE T'ES MÊME PAS LAVÉ ?!
ÇA ME RAPPELLE LA FOIS OÙ J'AI RAMASSÉ UN CHIEN SUR LA ROUTE QUAND J'ÉTAIS GAMIN ET QUE JE LUI AI FAIT PRENDRE UN BAIN.
TU ME COMPARES À UN CHIEN ERRANT, C'EST ÇA ?
OH NON, LES CHIENS SONT BIEN PLUS OBÉISSANTS QUE TOI !
ILS ME DONNENT LA PATTE QUAND JE LEUR DEMANDE, EUX.

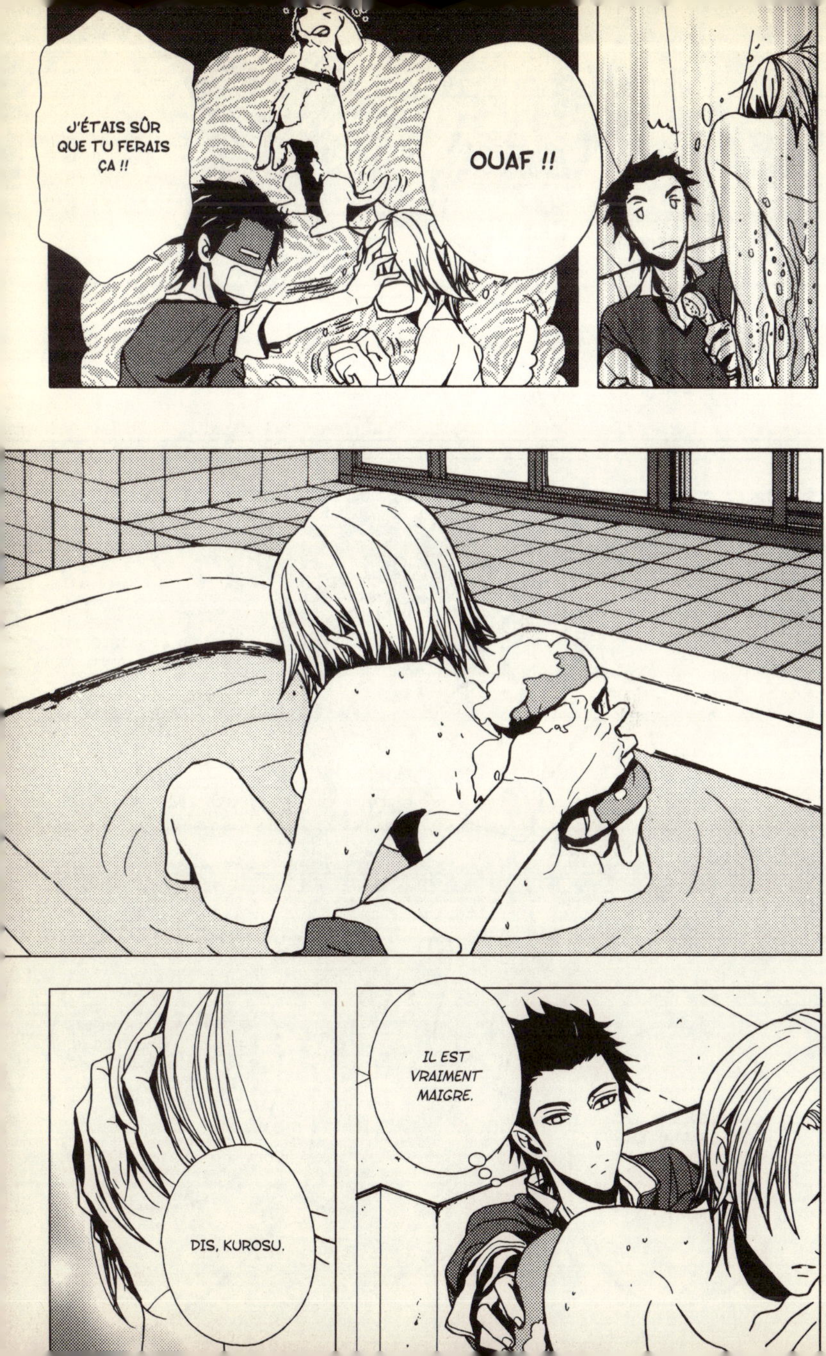
OUAF !!
J'ÉTAIS SÛR QUE TU FERAIS ÇA !!
IL EST VRAIMENT MAIGRE.
DIS, KUROSU.

JE N'AI RIEN À T'OFFRIR EN ÉCHANGE POUR TE REMERCIER, TU SAIS.
LA SEULE CHOSE QUE JE POSSÈDE, C'EST CE CORPS.
DÉSOLÉ DE TE DÉCEVOIR, MAIS JE N'AI JAMAIS RIEN ATTENDU D'UN FIL DE FER COMME TOI !
CHIEN ERRANT, FIL DE FER... PAS BIENTÔT FINI ?!
JE SAIS... OUI...
JE PASSE MES JOURNÉES À RÉFLÉCHIR À MES TOILES, JE ME FICHE COMPLÈTEMENT DE SAVOIR CE QUE JE FERAI LE LENDEMAIN.
JE SUIS CONSCIENT D'ÊTRE PARFAITEMENT INCAPABLE DE FAIRE QUOI QUE CE SOIT DE CONSISTANT EN DEHORS DE MON ART...

ÇA, JE SUIS D'ACCORD...
POURQUOI TU NE TE CHERCHES PAS UNE COPINE ?
TU NE DEVRAIS PAS AVOIR TROP DE MAL À EN TROUVER UNE QUI VEUILLE BIEN S'OCCUPER DE TOI.
JE NE SAIS PAS... ÇA NE M'INTÉRESSE PAS.
AH BON ? POURQUOI ?
SI JE COMMENCE À FAIRE PASSER ÇA AVANT MES PEINTURES, J'AI LE SENTIMENT QUE ÇA N'APPORTERAIT RIEN DE BIEN.

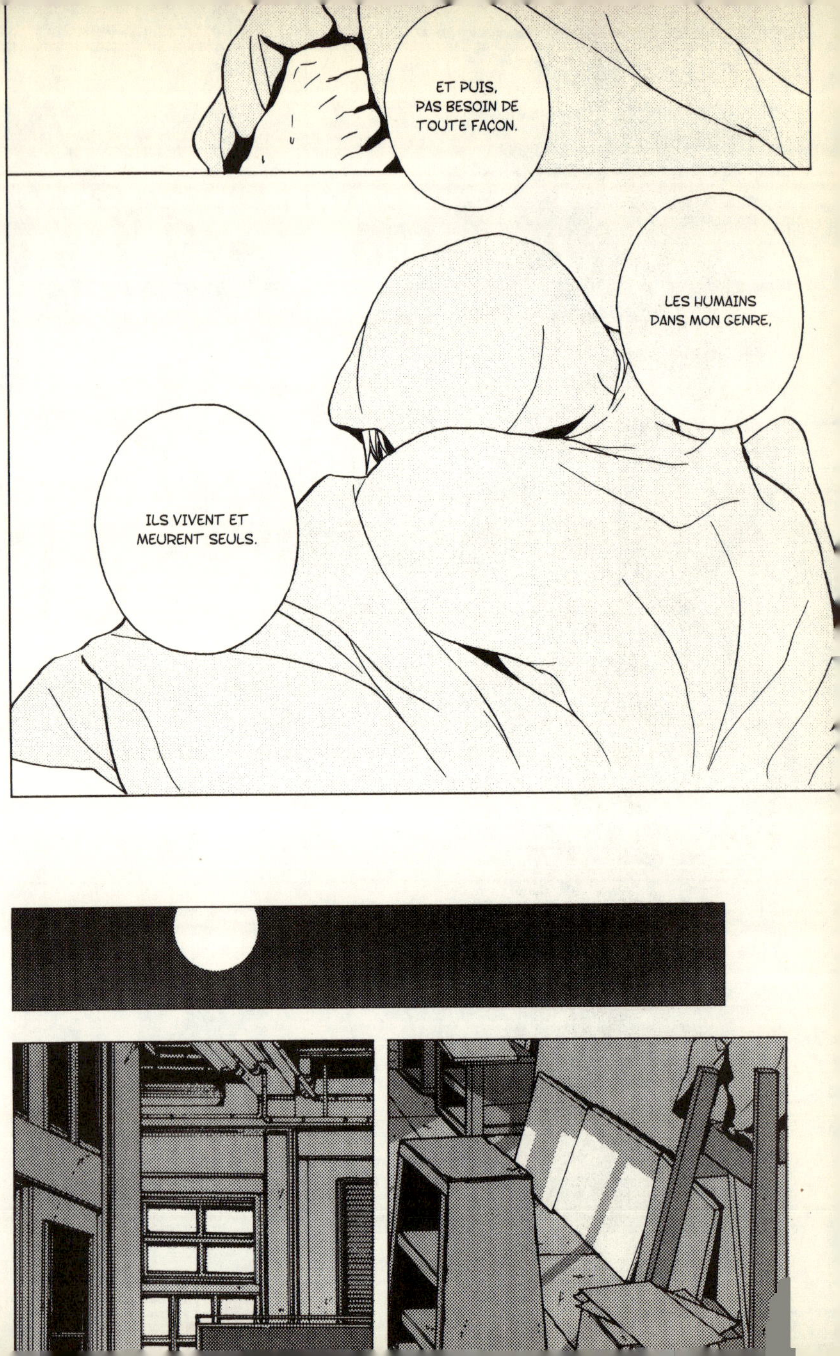
ET PUIS, PAS BESOIN DE TOUTE FAÇON.
LES HUMAINS DANS MON GENRE,
ILS VIVENT ET MEURENT SEULS.

EST-CE QU'IL ME TESTE ? EST-IL SINCÈRE ? JE NE SAIS JAMAIS CE QU'IL PENSE...
UNE CHOSE EST SÛRE CEPENDANT, C'EST QU'IL M'A CLAIREMENT REPOUSSÉ.

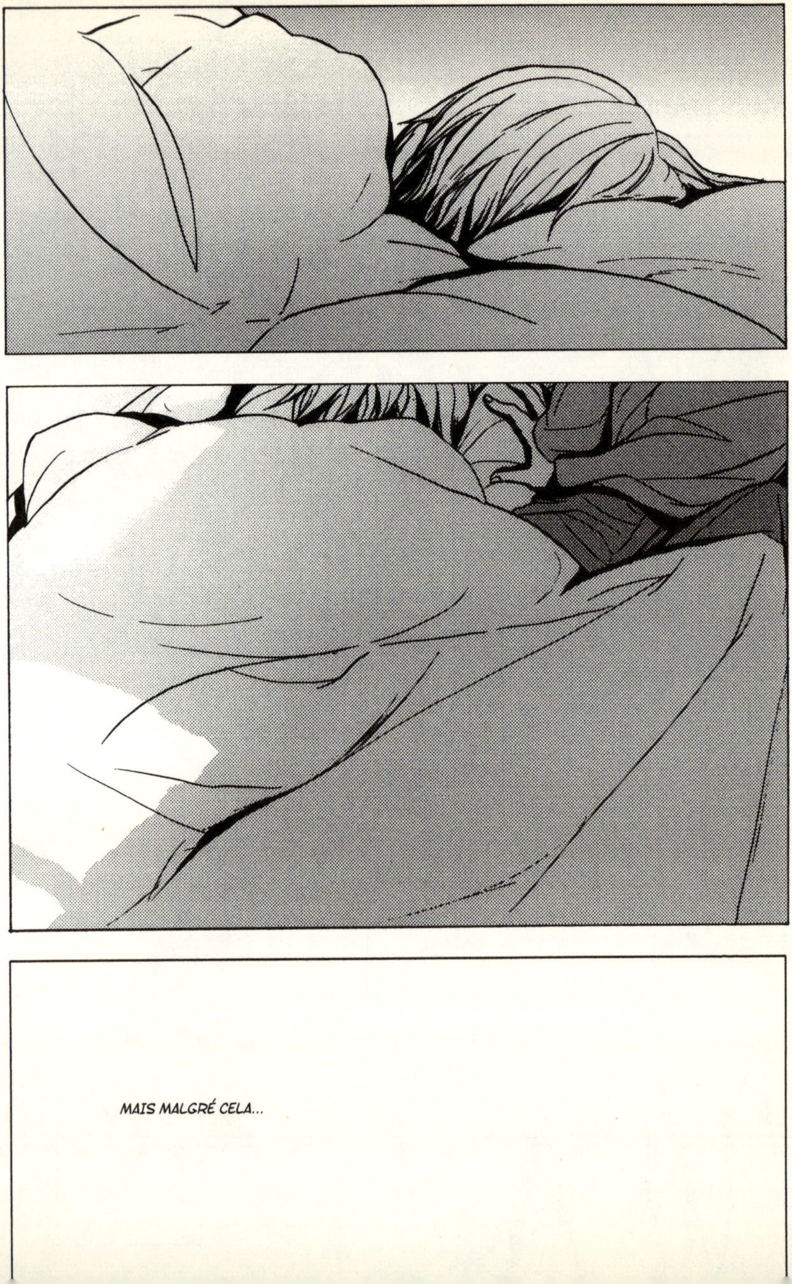
MAIS MALGRÉ CELA...

YUKARI, TES PIEDS SONT GLACÉS.

CHAPITRE II

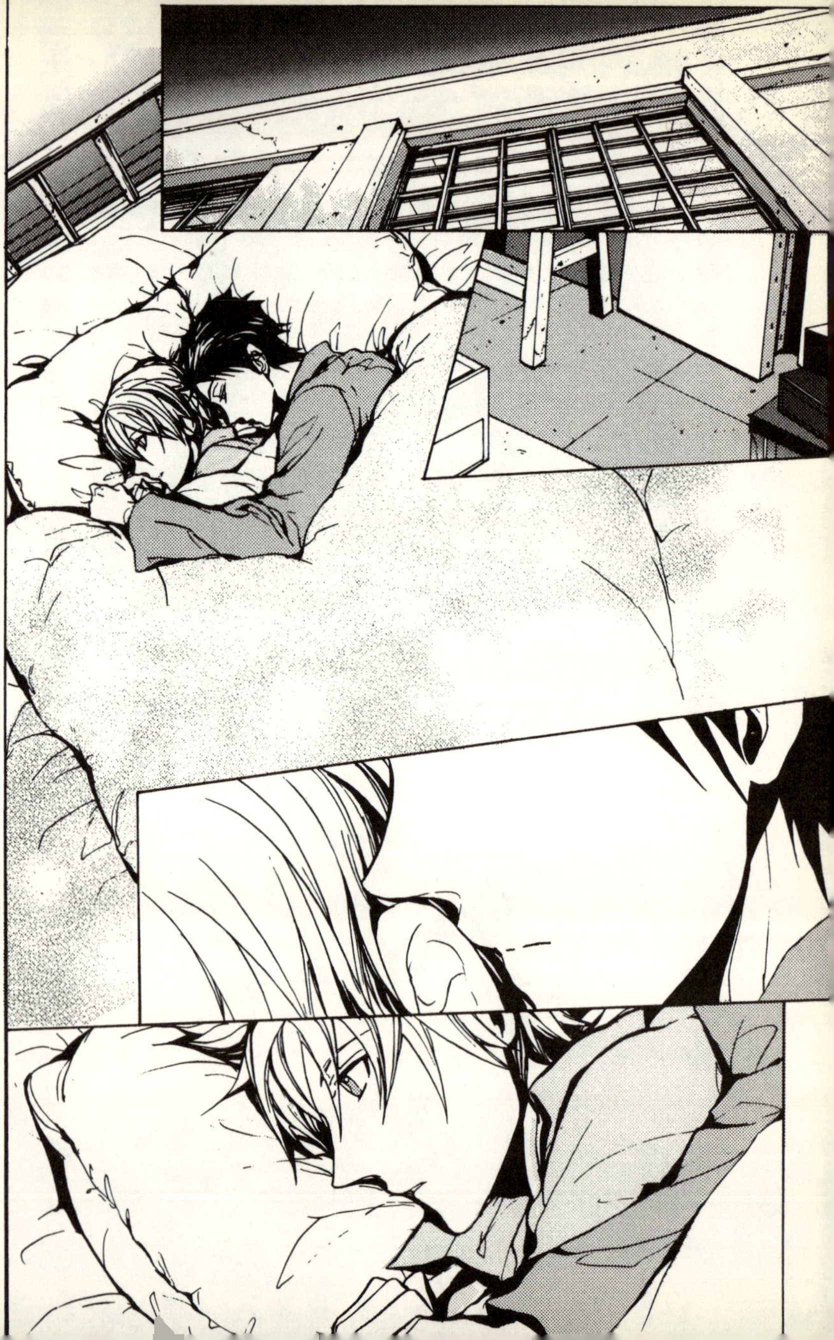

TOI, TU ES DU GENRE À SAUTER LA TÊTE LA PREMIÈRE DANS LES PROBLÈMES AVEC LE SOURIRE, N'EST-CE PAS ?
À MOINS QUE TU N'AGISSES PAR SIMPLE CURIOSITÉ MALSAINE ?

ENCORE EN TRAIN DE RESSASSER ÇA ?
POURQUOI TU VEUX TOUJOURS TROUVER UNE RAISON À CE QUE JE FAIS ?
FIGURE-TOI QU' EN RESTANT AVEC TOI, JE PEUX ADMIRER EN CHAIR ET EN OS L'UN DE PLUS GRANDS TALENTS ACTUELS (RIRES).
JE SENS QUE ÇA VA M'ÊTRE D'UNE GRANDE AIDE POUR MA THÈSE DE FIN D'ANNÉE.
SI TU SAVAIS À QUEL POINT MES COPAINS DE FAC M'ENVIENT !
C'EST VRAIMENT RIDICULE.
JE N'AURAIS JAMAIS DÛ TE LAISSER RENTRER CHEZ MOI.

YUKARI, TU ES TELLEMENT MANIAQUE SUR CERTAINS POINTS...
TU TE CHANGES DÈS QUE TU RENTRES,
TU NE DORS QUE DANS DES DRAPS PROPRES... ET JE NE PARLE PAS DE TA FAÇON DE PEINDRE, MAIS BON...
À LA SECONDE OÙ TU M'AS PROPOSÉ UNE PLACE DANS TON LIT,
J'EN AI TOUT NATURELLEMENT DÉDUIT QUE TU ÉTAIS D'ACCORD... JE ME SUIS TROMPÉ ?
すり…
FROTTE

GLOUPS
QU'EST-CE QUE TU... ARRÊTE DE ME TOUCHER L'OREILLE !
AURAIS-JE TROUVÉ SANS LE VOULOIR UNE DE TES ZONES ÉROGÈNES ?
AH ! NON, PAS LES DOIGTS !
HM HM...
ET LÀ ?
HM.
ICI ?
HAA...
LÀ PLUTÔT ?
HII !
HM... HM.
A...
ARRÊTE...

YUKARI ?
KUROSU... JE TE DIS D'ARRÊTER !
ÇA... ÇA SUFFIT MAINTE...
ZIOUP
AH !

AH !
ATTENTION !!

ぎゅっ…
GNIP
HM...
バッ
VHAM
YUKA...
LAISSE-MOI !

ARRÊTE TES PLAISANTERIES MAINTENANT, ÇA NE ME FAIT PAS RIRE DU TOUT !
DORS OU JE TE VIRE DE MON LIT À COUPS DE PIED !
!!

QU'EST-CE QUE... ?!
AH...
JE SAIS CE QUE JE FAIS.
NE T'EN FAIS PAS.

HAA.
HAA...
AH...
NON...
AH... AH...
AH... HM...
HAA...

AH... AH...
AH... NON, JE... JE...
JE PEUX JOUIR ?
Haa...
DIS... ?
Haa...
OUI... JOUIS DANS MA MAIN.
AH... HAA... HAA...

HMMMM...

OUAH, MIIIINCE...
J'AI PAS RÉUSSI À M'ARRÊTER.
PAS MOYEN DE ME CONTRÔLER !
JE NE CHANGERAI JAMAIS...
MAIS JE NE PEUX PLUS ME MENTIR.

UN AVENIR BRILLANT S'ANNONCE À TOI, NOUS ALLONS TE PERMETTRE DE PARTICIPER À DE NOMBREUSES EXPOSITIONS.
TU AS BESOIN D'UN ATELIER À LA HAUTEUR DE TON TALENT,
AINSI QUE D'UN ASSISTANT QUI TE PERMETTRA DE TE CONSACRER PLEINEMENT À TON TRAVAIL.
TU NE DOIS PAS TE LAISSER INFLUENCER PAR TON ENTOURAGE, TU DOIS POURSUIVRE TA ROUTE, SANS T'ARRÊTER.
TU DEVRAIS POUVOIR TROUVER TOUT CE DONT TU AS BESOIN ICI.
TU RENTRES AVEC LE DERNIER TRAIN ?
DÉPÊCHE-TOI SINON TU VAS LE RATER.
TU N'AS PAS À TE SENTIR GÊNÉ, NOUS ALLONS FAIRE NOTRE POSSIBLE POUR SUBVENIR À TES BESOINS ET TE PERMETTRE DE DÉVELOPPER TON TALENT.
ET SURTOUT, N'HÉSITE PAS À FAIRE APPEL À NOUS N'IMPORTE QUAND.

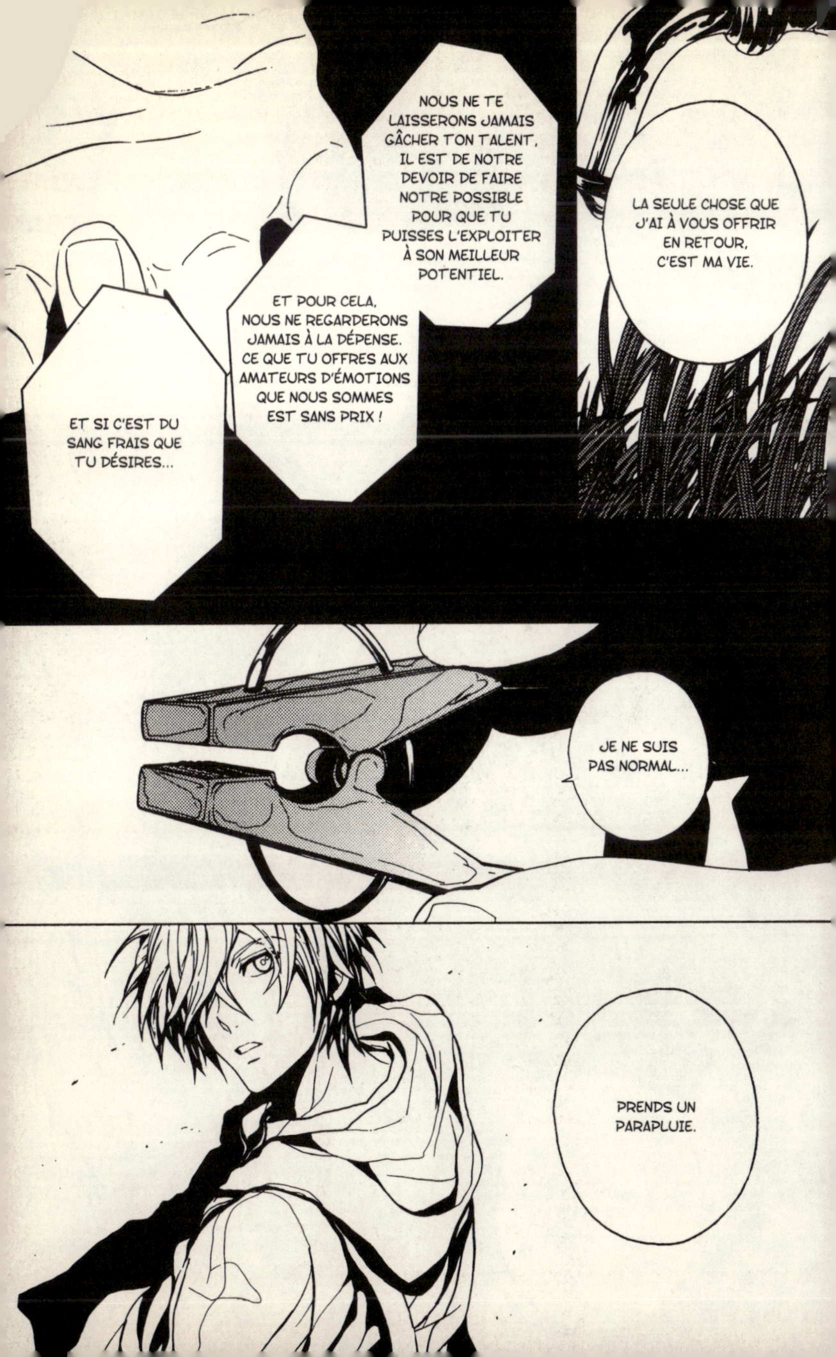
NOUS NE TE LAISSERONS JAMAIS GÂCHER TON TALENT, IL EST DE NOTRE DEVOIR DE FAIRE NOTRE POSSIBLE POUR QUE TU PUISSES L'EXPLOITER À SON MEILLEUR POTENTIEL.
ET POUR CELA, NOUS NE REGARDERONS JAMAIS À LA DÉPENSE. CE QUE TU OFFRES AUX AMATEURS D'ÉMOTIONS QUE NOUS SOMMES EST SANS PRIX !
ET SI C'EST DU SANG FRAIS QUE TU DÉSIRES...
LA SEULE CHOSE QUE J'AI À VOUS OFFRIR EN RETOUR, C'EST MA VIE.
JE NE SUIS PAS NORMAL...
PRENDS UN PARAPLUIE.

C'EST BON, JE TE LE DONNE.
AH, MINCE...
TU NE SAIS PAS S'IL Y A UN CAFÉ QUI RESTE OUVERT TOUTE LA NUIT, DANS LE COIN ?
TU VEUX VENIR CHEZ MOI ?

YUKARI, LA SONNETTE DE TA PORTE NE MARCHE PLUS.
IL N'Y A PLUS DE PILES ?
TIENS, LE FACTEUR M'A DONNÉ ÇA POUR TOI.
TU N'EN AS PAS DE RECHANGE ?
SI, DANS LA BOÎTE DU MILIEU LÀ-BAS.
OK.

ÇA FAISAIT UN PETIT MOMENT QUE TU N'ÉTAIS PAS VENU ME VOIR.
HM ? AH, OUI...
J'AI ÉTÉ PAS MAL PRIS PAR MES COURS CES DERNIERS TEMPS.
AH, JE PEUX T'EMPRUNTER CES ENCYCLOPÉDIES ? C'EST POUR MON DOSSIER DE FIN DE TRIMESTRE.
SERS-TOI.
AH, UNE LETTRE DE MASAMURA.

QUI EST-CE ?
MON PÈRE.
TIP
!!!
*SALUT YOHITO, JE T'AAAAIME !! LA FORME ? MOI ÇA VA IMPEC' !
EUH... NE ME DIS PAS QUE C'EST TA MÈRE SUR CETTE PHOTO ?
...
Non
Non
HM ?
MASAMURA... MASAMURA, MASAMURA...

HAJIME MASAMURA ?!
OUI, TU LE CONNAIS ?
ÉVIDEMMENT QUE JE LE CONNAIS, J'AI MÊME VU À LA TÉLÉ DAVID MARLOW LUI ACHETER UN TABLEAU POUR CINQ CENT MILLIONS DE YENS !
QUI C'EST CELUI-LÀ ?
UN RÉALI-SATEUR DE FILM HOLLY-WOODIEN !
SÉRIEUX ? ÇA ALORS !
ILS SONT AU COURANT À LA FAC ?
NON, PERSONNE NE LE SAIT. ON N'A PAS LE MÊME NOM DE FAMILLE.
YUKARI, C'EST LE NOM DE MA MÈRE. ILS N'ÉTAIENT PAS MARIÉS.

C'ÉTAIT DIFFICILE AU DÉBUT, LORSQU'IL ÉTAIT ENCORE INCONNU.
J'IMAGINE QUE CE SONT SES PROBLÈMES FAMILIAUX QUI SONT À L'ORIGINE DE SON CARACTÈRE INTROVERTI,
ET QUE LE CÔTÉ EXCENTRIQUE DE SON PÈRE EST EN PARTIE RESPONSABLE DE SON INCAPACITÉ À RANGER !
YUKARI... TU M'EXPLIQUES OÙ SE TROUVENT TES PILES LÀ-DEDANS ?
C'est quoi ce bazar ?
ICI !
SCHFRRT !
TIENS.
OOH.

じぃー
FIIIXE
HM ?
ON DIRAIT QUE ÇA NE TE FAIT RIEN.
QUOI DONC ? AH, QUE JE CONNAISSE LA VÉRITABLE IDENTITÉ DE TON PÈRE, C'EST ÇA ?
JUSQU'À PRÉSENT, TOUT LE MONDE A CHANGÉ DE COMPORTEMENT ENVERS MOI DU JOUR AU LENDEMAIN EN LE DÉCOUVRANT.
HM, J'AVOUE, ÇA M'A SURPRIS... SURTOUT CETTE PHOTO...

MAIS LE YUKARI QUE JE CONNAIS...
ピクッ
GLOUPS
さっ
FIOUH
MOUIM
むにっ
ふっ
MPHF
OUI, TOI.

NE CHANGE PAS.
ET C'EST BIEN DOMMAGE ! SI TU POUVAIS RANGER PARFOIS TON ATELIER, ÇA M'ARRANGERAIT !
どしゃっ
BOUAAAM

« ON DIRAIT QUE ÇA NE TE FAIT RIEN. »
EST-CE QU'IL PENSAIT AUSSI À CETTE NUIT-LÀ ?
QUE COMPREND-T-IL DE MES SENTIMENTS ?

A-T-IL SEULEMENT CONSCIENCE DU COURAGE QU'IL M'A FALLU POUR REVENIR ICI,
ET TROUVER UNE EXCUSE RIDICULE POUR RÉUSSIR À LE REGARDER À NOUVEAU DANS LES YEUX ?
RHAAA, CONCENTRE-TOI SUR TON BOUQUIN !!

がしっ
GNAP

FLAP
SCRITCH
FLAP
GRATTE
GRATTE

STOP
ピタッ
VLAM

VLABADAM
!!!
SCHTAP

GNAP
DÉSHABILLE-TOI.

HEEEEEEEEIN ?!

Un si joli mensonge

UNE INTERVIEW ? SI JE SUIS INTÉRESSÉ ? BIEN SÛR !
LES PEINTRES INCAPABLES DE PARLER DE LEURS ŒUVRES N'ONT AUCUNE CHANCE DE PERCER, EN PARTICULIER À L'ÉTRANGER.
JE CROYAIS QUE TU TE FICHAIS PAS MAL DU REGARD DES AUTRES ?
LES PRÉJUGÉS INUTILES NE FONT QU'ALTÉRER LA FAÇON DE PENSER ET DE VOIR LES CHOSES.
C'EST À MOI DE PASSER OUTRE CES IDÉES PRÉCONÇUES POUR EN TIRER PARTI.

DANGER
High voltage.
Turn power off
before servicing.
DANGER
DANGER
High voltage.
Turn power off
before servicing.
DANGER
High voltage.
Turn power off
before servicing.

C'ÉTAIT IL Y A QUELQUES MOIS...
KUROSU... TU ES SI TENDU... RELÂCHE-TOI.
CO... COMME ÇA ?
NON, ENCORE UN PEU PLUS.
COMME ÇA ?
OUI... C'EST PARFAIT.

...
IL... IL M'A COMPLÈTEMENT DÉSHABILLÉ...
Plus rien sur le dos.
J'ACTIVE CE RÉVEIL, TU POURRAS PRENDRE UNE PAUSE TOUTES LES VINGT MINUTES.
HM ?
UNE CICATRICE.

HÉ HÉ HÉ... QUAND J'ÉTAIS PLUS JEUNE, J'ADORAIS FAIRE MUMUSE AVEC DE GROS COUTEAUX, ET COMMENT DIRE...
Gni hi hi...
RHOOOON ...
TU M'ÉCOUTES QUAND JE PARLE ?!
じ
Fiiixe
OH, C'EST RARE QU'IL MANIFESTE DE L'INTÉRÊT POUR QUELQUE CHOSE.
...
TU VEUX LA TOUCHER POUR VOIR ?
LA LOI INTERDIT DE POSER LA MAIN SUR SES MODÈLES.
PARCE QUE LES METTRE À POIL SANS LEUR DEMANDER LEUR AVIS, C'EST AUTORISÉ ?!

NE TE GÊNE PAS.
ÇA TE FAIT MAL ?
TU PLAISANTES, JE L'AI DEPUIS UNE ÉTERNITÉ !
ON DIRAIT QU'ELLE DATE D'HIER...

J'IMAGINE QUE LE MONDE QU'IL PERÇOIT EST TELLEMENT PLUS LIMPIDE ET TRANSPARENT QUE LE NÔTRE.
ジャッ
ジャッ
GRATTE
ジャッ
GRATTE
ジャッ
GRATTE

ジャッ
GRATTE
ジャッ
GRATTE
ジャッ
GRATTE
PI PI PI
PI PI PI
C'EST BON, TU PEUX PRENDRE UNE PAUSE.

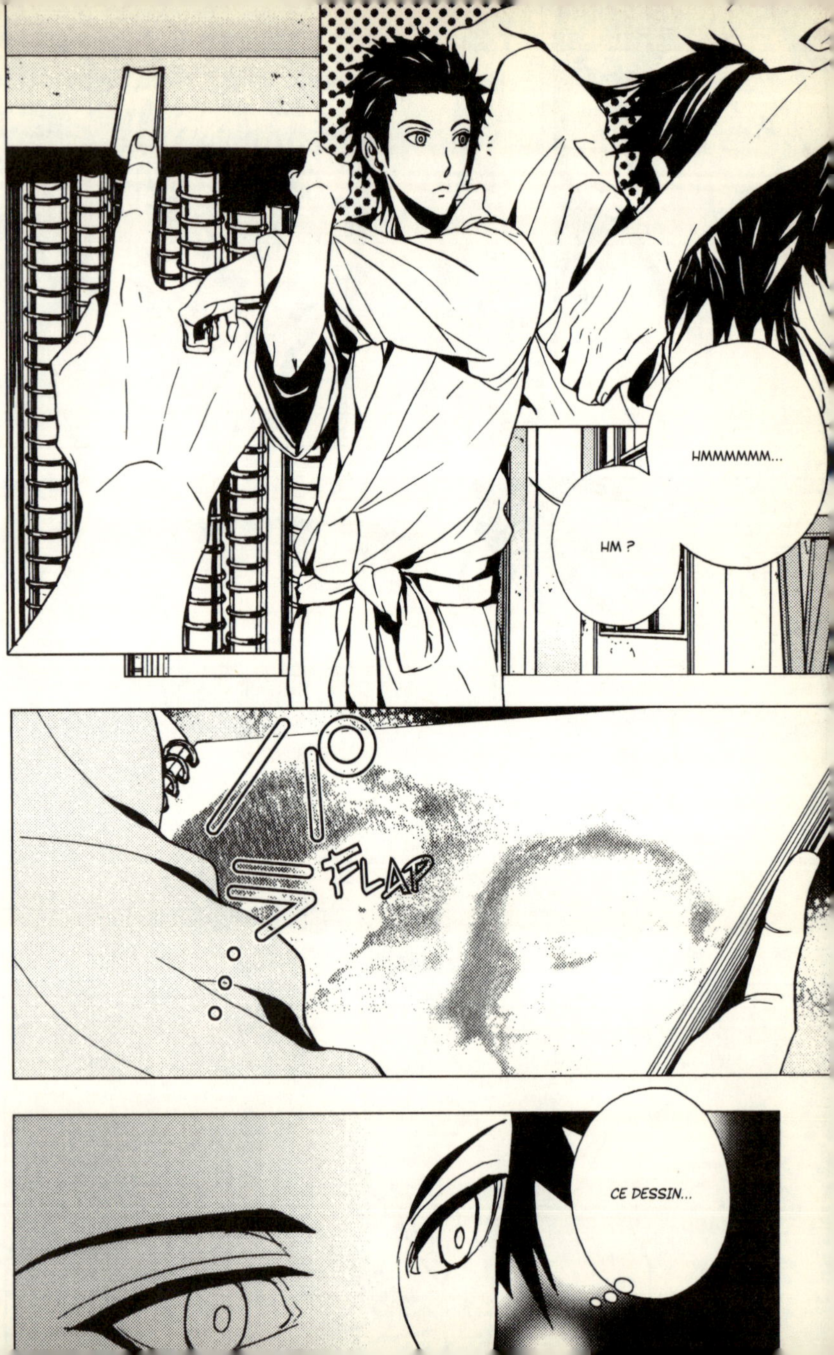
HMMMMMM...
HM ?
FLAP
CE DESSIN...

C'EST UN DESSIN DE MON PÈRE.
AH, DÉSOLÉ, JE N'AURAIS PAS DÛ Y TOUCHER.
NON NON C'EST BON,
J'EN AI PLEIN D'AUTRES SI TU VEUX.
IL M'EN ENVOYAIT UN CHAQUE ANNÉE POUR MON ANNIVERSAIRE APRÈS AVOIR QUITTÉ LA MAISON.
JE CROYAIS QUE VOUS VIVIEZ ENSEMBLE QUAND TU ÉTAIS GAMIN ?
OUI, MAIS SEULEMENT JUSQU'À MES CINQ ANS.

MAMAN M'A DIT DE RESTER SAGE ET DE BIEN OBÉIR À PAPA
PENDANT SON ABSENCE,
YO...
YOHITOOOO !!
QU QU QU'EST-CE QUI T'EST ARRIVÉ ?!
わなわな
BRR
JE T'AVAIS POURTANT BIEN DIT DE FAIRE ATTENTION À TOI QUAND TU SOOORS !
JE SUIS TOMBÉ EN JOUANT DERRIÈRE LE TEMPLE.
へなへな
HAA
MON PÈRE ÉTAIT UN VRAI PLEURNICHARD, BIEN PLUS QUE MOI.
きゅっ
GNIP
CE N'EST PAS TROP SERRÉ ?

NON !
C'EST DE MA FAUTE, JE DOIS FAIRE DAVANTAGE ATTENTION À LUI.
JE LE NOURRIS, JE L'HABILLE, MAIS ÇA NE SUFFIT PAS... JE SUIS UN PÈRE INDIGNE.
ゔるっ
BOUHOU
YOHITO... PARDON !
PARCE QU'IL ÉTAIT LE PLUS GENTIL DES HOMMES.
ALORS QUE JE SUIS TON PÈRE... J'AI HONTE DE MOI !
MAIS JE DOIS ARRÊTER DE TOUJOURS PLEURER POUR UN RIEN !
BIEN ! C'EST L'HEURE DE MANGER, JE VAIS PRÉPARER LE REPAS ! J'AVAIS COMPLÈTEMENT OUBLIÉ...
Ah !
YOHITO, JE VAIS FAIRE LES COURSES, TU M'ATTENDS BIEN SAGEMENT À LA MAISON, D'ACCORD ?
OUI PAPA.

JE FERME LA PORTE DERRIÈRE MOI, J'AI ENTENDU DIRE QU'IL Y A DES MÉCHANTS MESSIEURS QUI SE PROMÈNENT DANS LES ALENTOURS, TU DOIS FAIRE TRÈS ATTENTION.
DES MÉCHANTS MESSIEURS ?
OUI... ET SI JAMAIS ILS TE KIDNAPPAIENT, ON NE POURRAIT PLUS JAMAIS SE REVOIR...
ET RIEN QUE D'Y PENSER... NOOON...
*APPELEZ LA POLICE AU 110 SI VOUS APERCEVEZ QUELQU'UN DE SUSPECT !
INTERDICTION D'OUVRIR AUX GENS QUE TU NE CONNAIS PAS, COMPRIS ?
OUI OUI ! À TOUT À L'HEURE !
JE REVIENS TRÈS VITE !
SCHLAC
AU MOINS COMME ÇA, JE SUIS RASSURÉ.
...
PAS ENCORE TOUT À FAIT.
SCHLACK
OK !

LA NUIT EST CLAIRE, TANT MIEUX.
PAPA A ENCORE DÛ SE PERDRE.
IL NOUS ARRIVE SOUVENT À MON PÈRE ET MOI DE NE PLUS SAVOIR OÙ NOUS NOUS TROUVONS QUAND ON RÉFLÉCHIT TROP.
MAMAN DISAIT TOUJOURS QU'ON SE RESSEMBLAIT COMME DEUX GOUTTES D'EAU POUR ÇA.
MAIS IL A BIEN FERMÉ NOTRE PORTE À CLEF.
CLANG
JE POURRAIS TOUJOURS SORTIR PAR LA FENÊTRE POUR ALLER LE CHERCHER EN CAS DE BESOIN.
*APPELEZ LA POLICE AU 110 SI VOUS APERCEVEZ QUELQU'UN DE SUSPECT !
*
すぐに
110
MAIS JE NE VOUDRAIS PAS TOMBER SUR CES MÉCHANTS MESSIEURS...
PAPA EST PEUT-ÊTRE EN TRAIN DE PLEURER TOUT SEUL QUELQUE PART.

JE NE SAIS PAS COMBIEN DE FOIS JE ME SUIS ENDORMI ET RÉVEILLÉ.
J'AI ENTENDU UN GRAND BRUIT. DES MÉCHANTS MESSIEURS QUE JE NE CONNAISSAIS PAS SONT ENTRÉS DANS LA MAISON,
CLAP
ET ILS M'ONT ENLEVÉ.
MON GARÇON, TU N'AS PLUS À AVOIR PEUR, ON EST VENU TE CHERCHER.
REGARDEZ, ON DIRAIT QU'IL EST BLESSÉ !
SÉQUESTRATION, COUPS ET BLESSURES SUR MINEUR.
MON PÈRE ÉTAIT BIEN EN TRAIN DE PLEURER. PARCE QUE JE NE L'AVAIS PAS ATTENDU À LA MAISON COMME IL ME L'AVAIT DEMANDÉ.
LES MÉCHANTS MESSIEURS N'ÉTAIENT EN FAIT QUE DES POLICIERS À LA RECHERCHE DE QUELQU'UN D'AUTRE.

JUSTE APRÈS, MAMAN EST REVENUE APRÈS AVOIR TROUVÉ UN TRAVAIL.
JE PENSAIS QUE NOUS ALLIONS VIVRE À NOUVEAU ENSEMBLE, MAIS ELLE M'A ANNONCÉ QUE PAPA NE POURRAIT PAS NOUS SUIVRE.
SI TU SAVAIS COMME J'AI ENVIE DE RESTER AVEC TOI... JE SUIS SÛR QUE JE VAIS TOMBER MALADE LOIN DE TOI,
ET QUE JE N'ARRIVERAI PLUS À PEINDRE.
CE N'ÉTAIT LA FAUTE DE PERSONNE.
MAIS JE N'AI PAS LE DROIT DE T'IMPOSER MA VOLONTÉ
ET DE TE RENDRE MALHEUREUX JUSTE POUR SATISFAIRE MON EGO.
« EGO » ? QU'EST-CE QUE C'EST ?

BREF, TOUJOURS ÉVITER LES QUIPROQUOS INVRAISEMBLABLES,
TELLE EST LA MORALE DE CETTE HISTOIRE.
J'IMAGINE QUE TU AS DÛ LA TROUVER VRAIMENT RIDICULE,
MAIS...
JE SUIS CONTENT D'AVOIR PU T'EN PARLER,
AUJOURD'HUI.

QUEL TALENT CE YOHITO... UN DESSIN AUSSI MAGNIFIQUE, RIEN QUE POUR TOI...
LA CHANCE !
OU... OUAIS !

SON EXPOSITION A ÉTÉ UN VÉRITABLE SUCCÈS, IL VA FALLOIR FÊTER ÇA DIGNEMENT !
BONNE IDÉE ! ON SE FAIT UN BARBECUE ? CHEZ MOI PEUT-ÊTRE ?
TOUT CE QUI VOUS INTÉRESSE, C'EST DE FAIRE LA FÊTE, DEMANDEZ AU MOINS SON AVIS À YUKARI.
TAP
OH, YUKARI, VIENS PAR ICI... PERSONNE NE VA TE MANGER.
HÉ HÉ HÉ
HÉ HÉ HÉ
HÉ HÉ HÉ
Viens là.
Viens là.
HOP

*IL S'EST ENFUI, ZUT ALOOOORS !!

J'IMAGINE OUI, SI CE SONT TES AMIS.
HM ? QU'EST-CE QU'IL VEUT DIRE PAR LÀ ?
ILS VOUDRAIENT FÊTER LE SUCCÈS DE TON EXPOSITION,
MAIS RASSURE-TOI, ÇA N'IRA PAS CHERCHER BIEN LOIN.
JE VAIS Y RÉFLÉCHIR.
D'AILLEURS, QU'EST-CE QUE TU ES VENU FAIRE DANS NOTRE CLASSE ?
JE VOULAIS JUSTE T'INVITER À DÎNER POUR TE REMERCIER D'AVOIR POSÉ POUR MOI, C'EST TOUT.
VU QUE TU NE VIENS PLUS À L'ATELIER CES DERNIERS TEMPS...

STOP
SCHKLING
AH... JE VOIS...
TU NE POURRAIS PAS DIRE TOUT SIMPLEMENT QUE TU AVAIS ENVIE DE ME VOIR ?
ARRÊTE DE RACONTER N'IMPORTE QUOI !!
Gni Hi Hi
DÉPÊCHE-TOI DE ME DIRE OÙ TU VEUX ALLER MANGER CE SOIR AVANT QUE JE CHANGE D'AVIS !!
GRR
GRR
KEIICHIRÔ !
FIOUH

コト。
CLONG
JE T'AI CHERCHÉ PARTOUT !
DIS, DIS, ALORS, TU AS RÉFLÉCHI ?
HN ? IL ME SEMBLE T'AVOIR DIT NON L'AUTRE JOUR !
DÉSOLÉ, TROUVE-TOI QUELQU'UN D'AUTRE.
ALLEZ, S'IL TE PLAÎT QUOI, JE T'EN PRIE !

AH, YOHITO !
JE SUIS ALLÉE VOIR TON EXPOSITION ! C'ÉTAIT GÉNIAL, J'AI ADORÉ !
LE TABLEAU QUE TU AS PEINT AVEC KEIICHIRÔ COMME MODÈLE ÉTAIT VRAIMENT SEXY, J'AI ADORÉ !
JE VOUDRAIS À TOUT PRIX QU'IL POSE POUR MOI AUSSI !
YUKARI !! PITIÉ, À L'AIDE !
ÇA TE POSE UN PROBLÈME ? CE N'EST PAS TON MODÈLE PARTICULIER, PAS VRAI ?

POURQUOI PAS ? IL EST LIBRE DE FAIRE CE QU'IL VEUT DE SA VIE, TU N'AS PAS BESOIN DE MA PERMISSION.
YOUPI !!
HEIN ?!
J'ESPÈRE QU'ELLE SAURA TE REMERCIER COMME IL FAUT.
TU AIMES LES GROS SEINS EN PLUS, NON ?
LES GROS SEINS
Ah...
Ah...
PEUH
Ah !
TU VOIS, IL EST D'ACCORD !
NON, JE VIENS DE TE DIRE QUE ÇA NE VA PAS ÊTRE POSSIBLE !
HEIN ?! MAIS POURQUOI ?!

TU PASSES À LA MAISON CE SOIR ? C'EST MOI QUI RÉGALE.
JE ME DÉBROUILLE EN CUISINE, TU VAS VOIR !
EXCUSE-MOI, J'AI DÉJÀ QUELQUE CHOSE DE PRÉVU AUJOURD'HUI…
GNIP

VLAM
YUKARI ?
JE RENTRE.
AH, EXCUSE-MOI...
YUKARI, ATTENDS !

YUKARI !

LES GROS SEINS...
OUI, C'EST VRAI, JE N'AI RIEN CONTRE, MAIS BON...
...
LE VOIR AUSSI JALOUX N'EST PAS SI DÉSAGRÉABLE QUE ÇA...
PROCHAIN ARRÊT, TAKANODAI, OUVERTURE DES PORTES CÔTÉ DROIT.

CETTE NUIT-LÀ,
OUI, C'ÉTAIT LE DERNIER TRAIN... ET ALORS ?
PSCHIOUUH
JE POUVAIS TRÈS BIEN M'EN SORTIR TOUT SEUL SANS SON AIDE.
JE CROIS QUE J'AI ÉTÉ TROP GENTIL AVEC LUI.
ET QU'EST-CE QU'IL A À BOUDER ET SE METTRE EN COLÈRE POUR UN RIEN ?
IL N'EST PAS OBLIGÉ DE TOUT PRENDRE AU PREMIER DEGRÉ !

LAISSE-MOI.

LAISSE-MOI...
MAINTENANT...
TUUUUT
TUUUUT

ゴッ…
GLONG
SCHPLAAF

ゲシゲシ
SCHBLADAM
チラ…
HOP
ス
FIOUH

GNAP

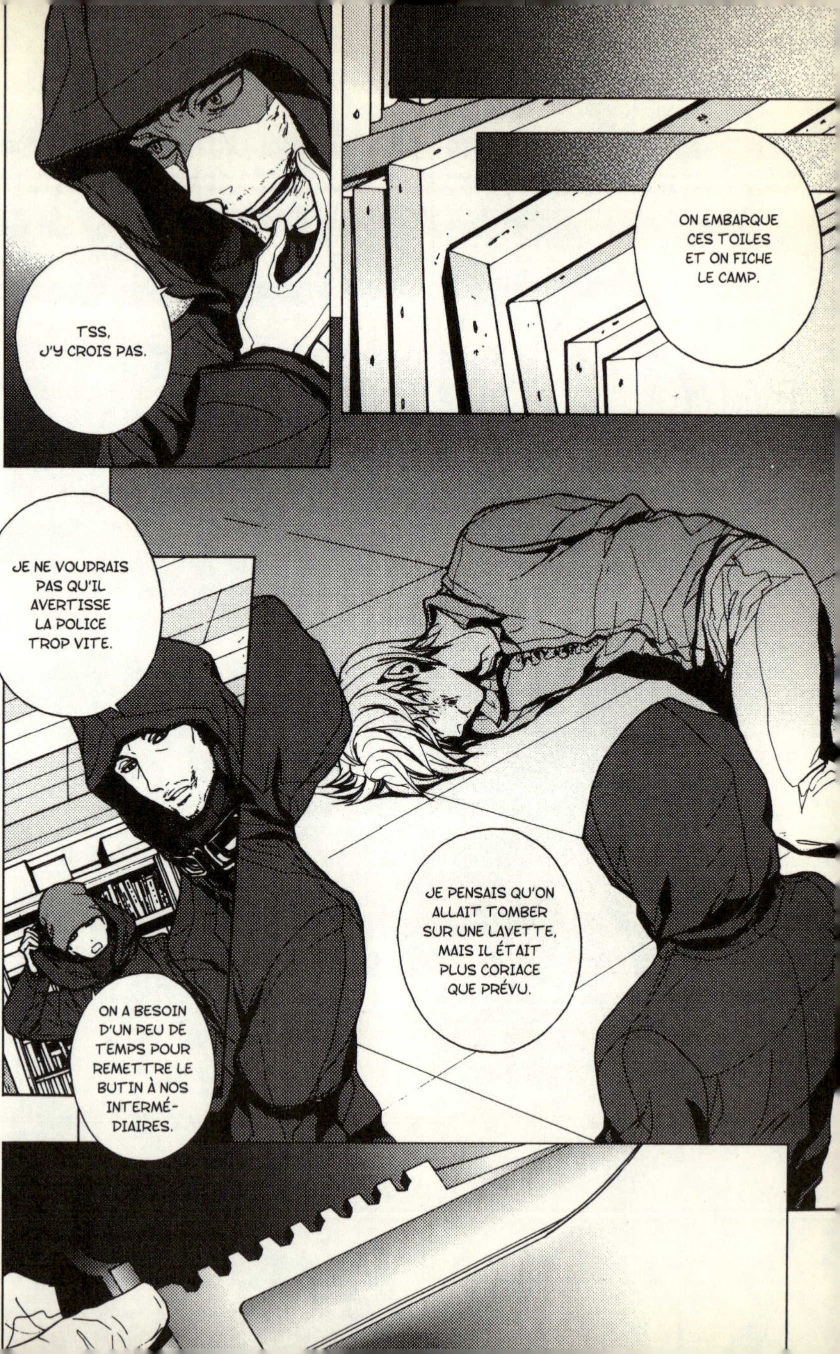
ON EMBARQUE CES TOILES ET ON FICHE LE CAMP.
TSS, J'Y CROIS PAS.
JE PENSAIS QU'ON ALLAIT TOMBER SUR UNE LAVETTE, MAIS IL ÉTAIT PLUS CORIACE QUE PRÉVU.
JE NE VOUDRAIS PAS QU'IL AVERTISSE LA POLICE TROP VITE.
ON A BESOIN D'UN PEU DE TEMPS POUR REMETTRE LE BUTIN À NOS INTERMÉDIAIRES.

HÉ, ARRÊTE !
ON AVAIT DIT
PAS DE SANG !
IMBÉCILE,
ARRÊTE DE
FLIPPER !
JE VAIS JUSTE
LUI FAIRE PEUR POUR
QU'IL N'AILLE PAS
RACONTER CETTE
HISTOIRE À
TOUT LE MONDE,
C'EST TOUT.
CLIP
FLLL
OOOOOH TOUT ROSE !

TOUT CE QUE MÉRITENT LES GAMINS CAPRICIEUX DANS SON GENRE,
C'EST DE CHIALER DE DOULEUR EN SE FAISANT PRENDRE PAR-DERRIÈRE !
TIENS !!!
D-HOOON
HAA !
TU VOIS BIEN LES TABLEAUX DERRIÈRE ? ON REVENDRA ÇA À PRIX D'OR À UN COLLECTIONNEUR PERVERS !
AAH...
AAH !

ARRÊ... RETIREZ-VOUS...
HEIN ? TU RIGOLES OU QUOI ? JUSQU'AU FOND !
J'AI L'IMPRESSION QUE TU ES EN TRAIN DE M'ASPIRER, TU CROIS QUE JE LE SENS PAS ?
TU EN VEUX ENCORE, HEIN ?
COMME ÇA !!
AAAH !!
AH AH...
C'EST... C'EST BON...
AAH... HM...
C'EST BRÛLANT...
EN TRAIN DE FANTASMER
妄想中
Haa
Haa
HÉ HÉ HÉ, DU GENRE COMME ÇA .
ESPÈCE DE MALADE MENTAL, HI HI HI !!

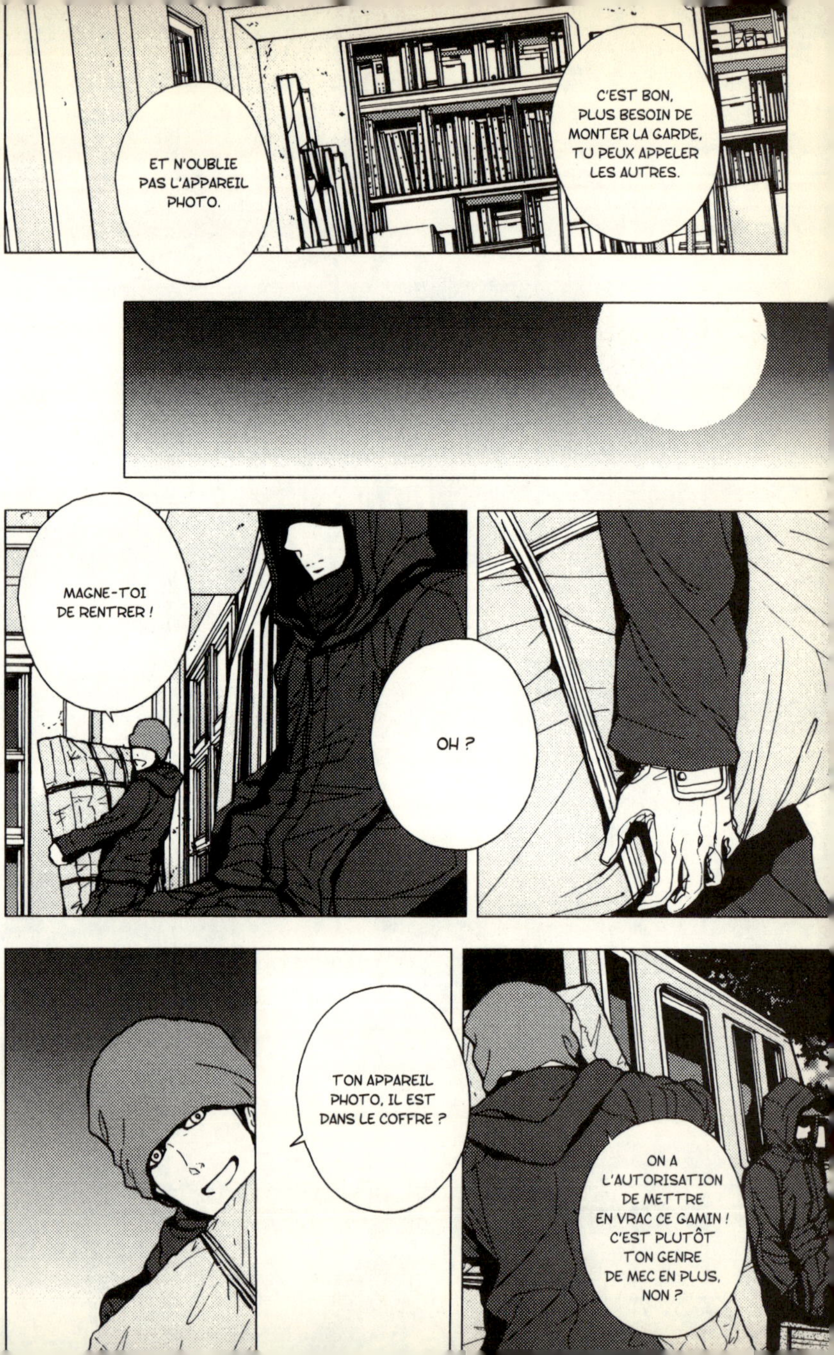
C'EST BON, PLUS BESOIN DE MONTER LA GARDE, TU PEUX APPELER LES AUTRES.
ET N'OUBLIE PAS L'APPAREIL PHOTO.
OH ?
MAGNE-TOI DE RENTRER !
ON A L'AUTORISATION DE METTRE EN VRAC CE GAMIN ! C'EST PLUTÔT TON GENRE DE MEC EN PLUS, NON ?
TON APPAREIL PHOTO, IL EST DANS LE COFFRE ?

[redacted]

... VITE... UNE AMBULANCE... L'ADRESSE...
... GARE DE TAKANODAI... OUI...
DES BLESSÉS... PLUSIEURS... DES HOMMES... LA TRENTAINE... SANS CONNAISSANCE...
... ÉVANOUIS... JE SUIS LÉGÈREMENT BLESSÉ... DÉPÊCHEZ-VOUS !
TU T'ES RÉVEILLÉ ?

NE T'EN FAIS PAS, J'AI APPELÉ LA POLICE ET UNE AMBULANCE, ILS NE DEVRAIENT PLUS TARDER.
TU AS LA JOUE ENFLÉE, ILS T'ONT FRAPPÉ ?
TU AS MAL QUELQUE PART ?
DU... SANG...

LÈVE-TOI POUR VOIR ?
HM ? ATTENDS UN PEU, TU ES BLESSÉ AUTRE PART ?
FIOUHT
QUOI ? AH, ÇA, OUI JE SAIS.
C'EST BON, LE SANG A ARRÊTÉ DE COULER, TU N'AS PAS À T'EN FAIRE.
ET TOI, FAIS VOIR TES MAINS ?
ILS N'Y SONT PAS ALLÉS DE MAIN MORTE POUR TE LIGOTER. ÇA VA ?
BOUGE TES DOIGTS POUR VOIR ?

HMM...
HM...
CONTENT DE VOIR QUE TU N'AS RIEN DE CASSÉ.
Ouf...
MAIS SINON...
EXCUSE-MOI DE TE POSER CETTE QUESTION, MAIS...
ILS NE T'ONT PAS VIOLÉ, HEIN ?
MAINTENANT QU'IL ME LE DIT... JE N'AI PLUS DE BOUTONS À MA CHEMISE... NI AUCUN SOUVENIR DE CE QUI S'EST PASSÉ...
PFF
JE BLAGUE, JE LEUR AI FAIT CRACHER LA VÉRITÉ EN LES ATTACHANT.

PAS DE SOUCI, ILS NE T'ONT RIEN FAIT.
TU PEUX ATTENDRE L'ARRIVÉE DE L'AMBULANCE ICI ?
FIGURE-TOI QUE JE CONNAISSAIS TON ADRESSE PAR CŒUR, TU LE CROIS ÇA ?
QU'EST-CE QUE TU FERAIS SANS MOI, VRAIMENT.
J'AI EXPLIQUÉ LA SITUATION À LA POLICE ET AUX POMPIERS. J'IMAGINE QU'ILS N'AURAIENT RIEN COMPRIS SI TU AVAIS ESSAYÉ DE LEUR PARLER.

JE CROIS QUE TOUT EST OK.
KUROSU... ÇA SUFFIT...
ARRÊTE... ARRÊTE JE TE DIS !!

QU'EST-CE QUE TU VEUX,
IL EST TROP TARD DÉSORMAIS, JE SUIS DESCENDU DU TRAIN,
IMPOSSIBLE DE FAIRE MARCHE ARRIÈRE MAINTENANT.

AH, LES VOILÀ ! ILS VONT T'EMMENER À L'HÔPITAL.
Piin Pooon
PiinPooon
Piin Pooon
À TOUT À L'HEURE.

KUROSU

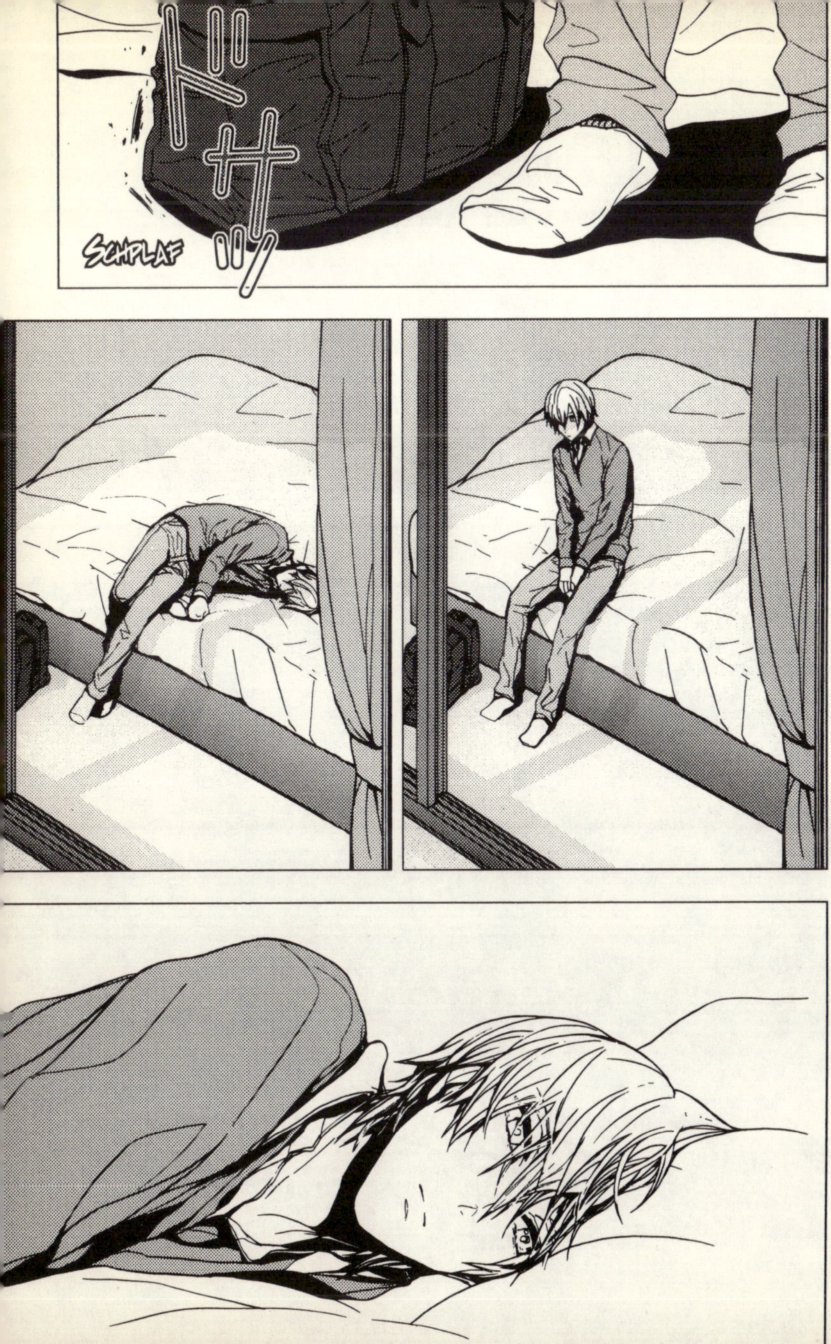
SCHPLAF

C'EST DE TA FAUTE.
VOILÀ CE QUE C'EST QUE DE DÉSOBÉIR, C'EST BIEN FAIT POUR TOI !
MAAAAIS EUUH...
C'EST À TON TOUR !
OUIIIN MAMAAAAN !!
VIENS VITE PAR ICI.

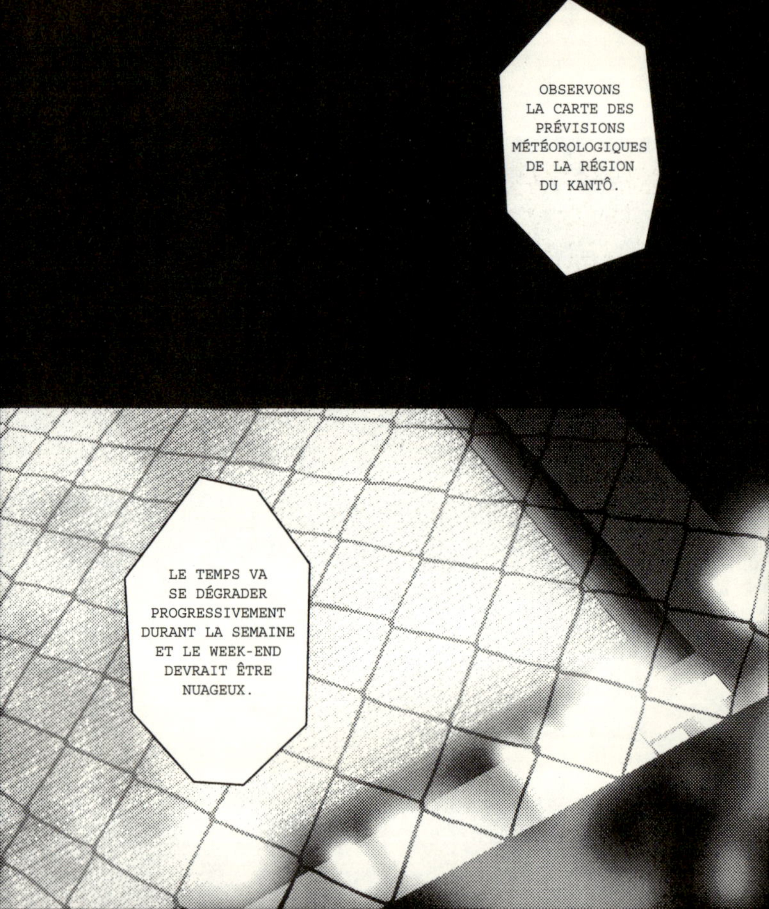
OBSERVONS LA CARTE DES PRÉVISIONS MÉTÉOROLOGIQUES DE LA RÉGION DU KANTÔ.
LE TEMPS VA SE DÉGRADER PROGRESSIVEMENT DURANT LA SEMAINE ET LE WEEK-END DEVRAIT ÊTRE NUAGEUX.

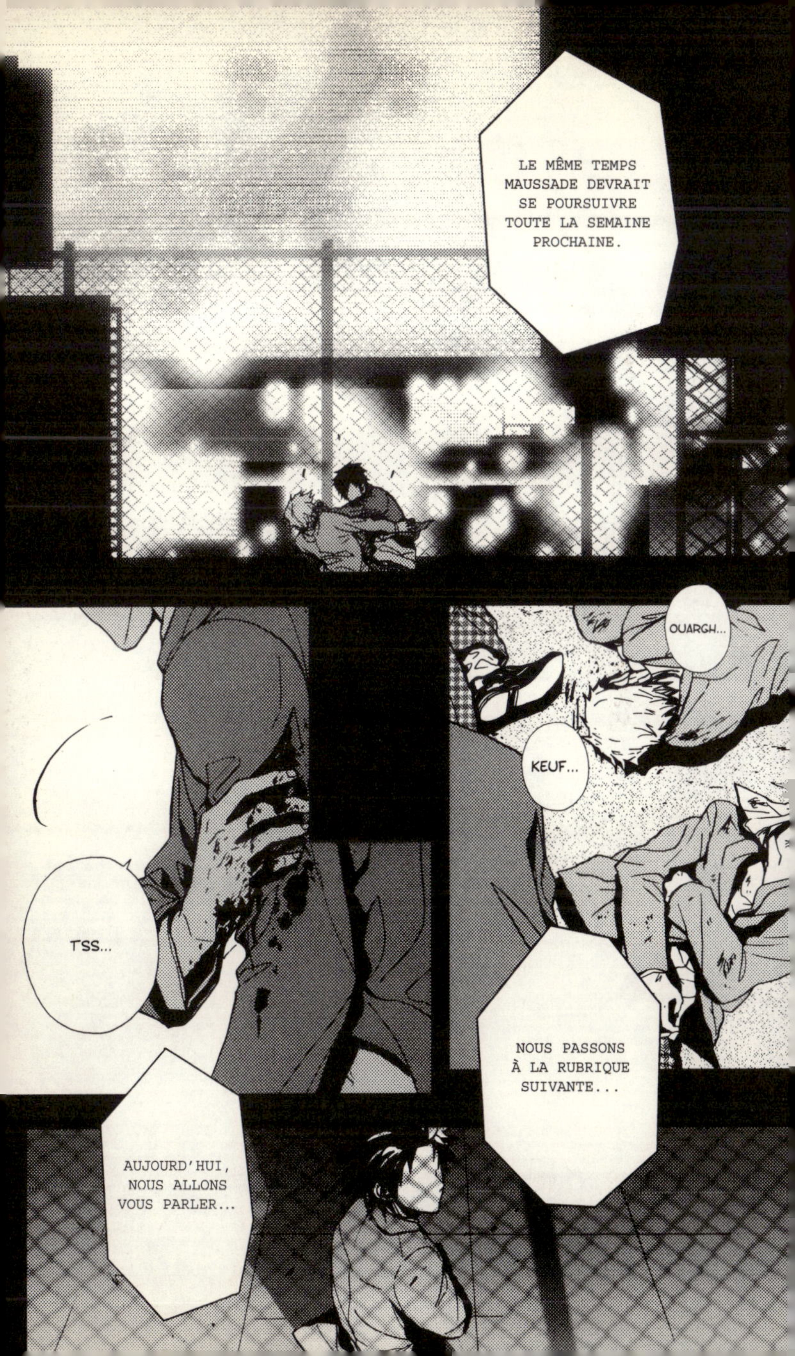
LE MÊME TEMPS MAUSSADE DEVRAIT SE POURSUIVRE TOUTE LA SEMAINE PROCHAINE.
OUARGH...
KEUF...
TSS...
NOUS PASSONS À LA RUBRIQUE SUIVANTE...
AUJOURD'HUI, NOUS ALLONS VOUS PARLER...

DE L'EXPOSITION DU PEINTRE HAJIME MASAMURA AU MUSÉE TEITO.
VOICI L'UN DE SES TOUT PREMIERS TABLEAUX, « UNE MÈRE ET SON ENFANT ».

SALUT, KUROSU !
*HÔPITAL GÉNÉRAL
総合病院*
TU ES VENU ME CHERCHER TOUT SEUL ?

ON N'ALLAIT PAS TOUS VENIR TE DÉROULER LE TAPIS ROUGE JUSTE POUR UNE ÉGRATIGNURE. FAUT PAS POUSSER NON PLUS.
ÇA FAIT TOUJOURS PLAISIR DE POUVOIR COMPTER SUR SES AMIS.
En se réveillant...
PAR CONTRE, POUR ME BARBOUILLER LE VISAGE PENDANT QUE JE DORS, LÀ IL Y AVAIT DU MONDE.
MIROIR
T'AS VRAIMENT EU DU BOL SUR CE COUP-LÀ...
REMERCIE PLUTÔT LES MÉDECINS, ET MOI QUI T'AI FILÉ DE MON SANG AUSSI !
SI TU VOYAIS L'ÉTAT DANS LEQUEL TU AS MIS CES VOLEURS ...
COMMENT VA-T-IL ?

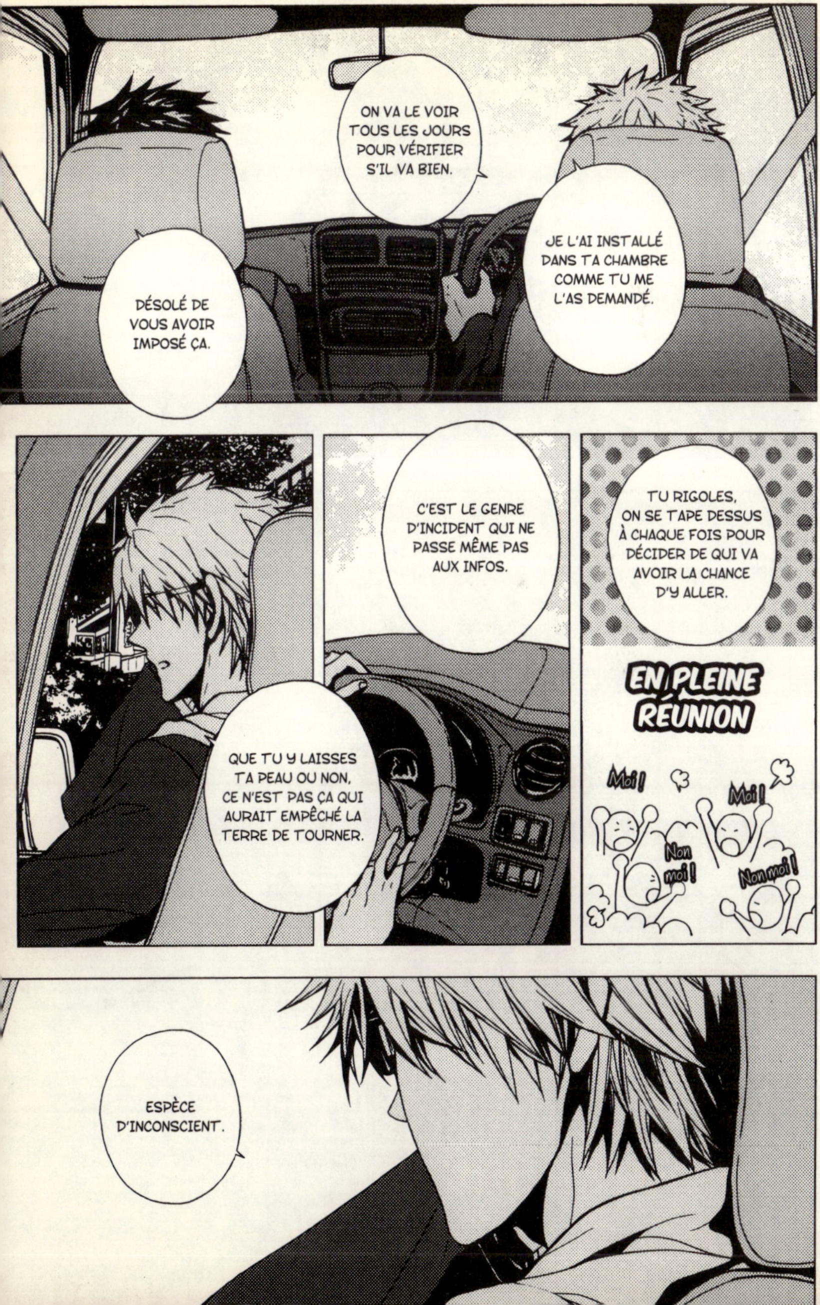
JE L'AI INSTALLÉ DANS TA CHAMBRE COMME TU ME L'AS DEMANDÉ.
ON VA LE VOIR TOUS LES JOURS POUR VÉRIFIER S'IL VA BIEN.
DÉSOLÉ DE VOUS AVOIR IMPOSÉ ÇA.
TU RIGOLES, ON SE TAPE DESSUS À CHAQUE FOIS POUR DÉCIDER DE QUI VA AVOIR LA CHANCE D'Y ALLER.
EN PLEINE RÉUNION
Moi !
Moi !
Non moi !
Non moi !
C'EST LE GENRE D'INCIDENT QUI NE PASSE MÊME PAS AUX INFOS.
QUE TU Y LAISSES TA PEAU OU NON, CE N'EST PAS ÇA QUI AURAIT EMPÊCHÉ LA TERRE DE TOURNER.
ESPÈCE D'INCONSCIENT.

JE SUIS VRAIMENT DÉSOLÉ.
TU PEUX !!
T'AS VRAIMENT UN GRAIN.

BON, ON SE VOIT EN FIN DE SEMAINE À LA FAC ALORS.
OUI, MERCI.
KUROSU
C'EST MOI.

YUKARI...
ス
FIOUH
...
EXCUSE-MOI DE T'AVOIR CAUSÉ AUTANT DE SOU...
BOM

AÏE...
QU'EST-CE QUI...
ALORS COMME ÇA
TU N'AS PAS ÉTÉ SAAAAAGE ?!!

パアーンッ
PAAAAN
KUROSU, BON RETOUR PARMI NOUS !!!
HA HA HA !! ALORS, COMMENT TU AS TROUVÉ MON JEU D'ACTEUR, HEIN ?
Tous déguisés en diable pour lui faire une surprise !!
ON ATTENDAIT TOUS TON RETOUR AVEC IMPATIENCE MON VIEUX !
HM ? ÇA VA ? KUROSU ?

Vacillle
AAAAAAH, KUROSU !!
TADAAAM
BIEN BIEN, LEVONS NOTRE VERRE AU RETOUR DE KUROSU !!
TADAAAM
TADAAAM
きりたんぽ
WOOOW
TCHIN TCHIN !!
C'EST BON, TU AS PRIS SA TÊTE EN PHOTO ?! HA HA HA HA !!
FORCÉMENT, IL EST TOMBÉ DANS LE PANNEAU GRÂCE À MOI !!
BIEN JOUÉ LES GARS !
VOUS VOULIEZ JUSTE TROUVER UNE RAISON POUR FAIRE LA BRINGUE, C'EST TOUT !
FIOUH
CRIC
QUELQU'UN PEUT ALLER CHERCHER LES ASSIETTES ?
SOURIRE
J'Y VAIS !

C'ÉTAIT UNE IDÉE DE YUKARI !
THÉ GLACÉ
THÉ GLACÉ
Quoi ? Ces masques de diable ?
NON NON, IL VOULAIT TE FAIRE UNE SURPRISE POUR TON RETOUR ET IL NOUS A DEMANDÉ UN COUP DE MAIN.
OUI, TU AS BIEN ENTENDU ! IL EST VENU NOUS TROUVER, TOUT TIMIDE ET TOUT COINCÉ, RIEN QUE POUR TOI !
FINALEMENT, ON EST TOUS DEVENUS POTES GRÂCE À TOI !

À PLUS !
BONNE NUIT !
FAITES ATTENTION EN RENTRANT, BANDE D'IVROGNES !
Bye Bye !

IL N'A PAS TOUCHÉ À UN SEUL DE SES PINCEAUX.
Il a le nez bouché...
IL N'EST NI RETOURNÉ À SON ATELIER NI À LA FAC.
...
JE LEUR DOIS BEAUCOUP SUR CE COUP-LÀ.
ILS L'ONT SORTI DE LA MAISON RÉGULIÈREMENT POUR LUI CHANGER LES IDÉES.
MAIS ÇA NE SERT À RIEN DE LE PRESSER, IL A TOUT SON TEMPS.

SCHPLAF
AAH... !!
...
QU'EST-CE QUE VOUS AVEZ OSÉ LUI FAIRE ?
QUI VOUS A AUTORISÉS À LE TOUCHER AVEC VOS SALES MAINS ?
GLOUPS

CLAC
ガタ
ガタ
CLAC
HA HA...
HA HA HA...
HA HA HA HA...
RE...
REGARDE
DANS QUEL ÉTAT
TU ES !

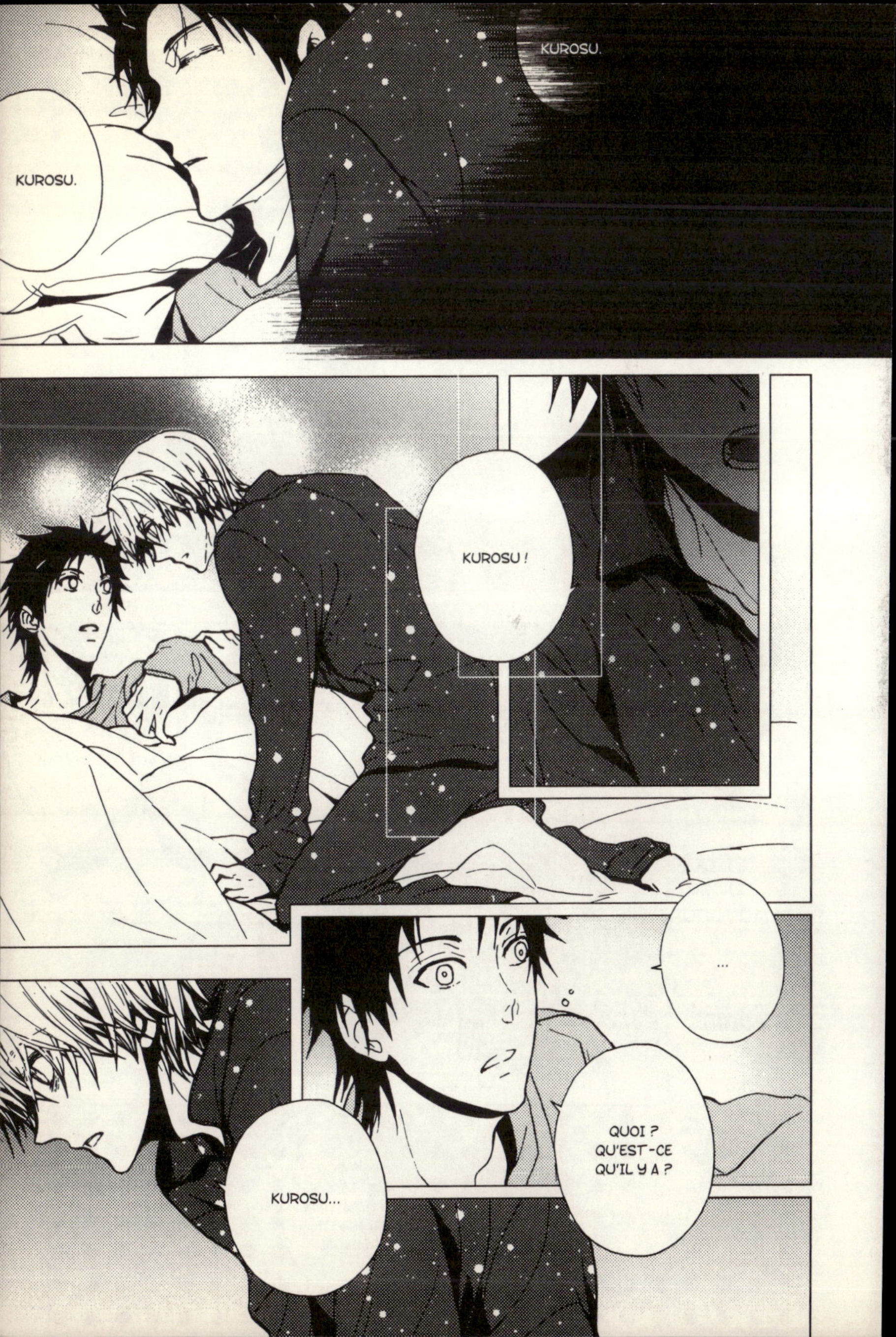
KUROSU.
KUROSU.
KUROSU !
...
QUOI ? QU'EST-CE QU'IL Y A ?
KUROSU...

TU N'OUVRAIS... PLUS LES YEUX...
J'AI CRU UN INSTANT... QUE TU N'ALLAIS PLUS JAMAIS TE RÉVEILLER...
Bouhouuuu
YUKA...
OUIIIIIIIIN
OUIIIIIN
OUIIIIIIN
OUIIIIIIN
ET QUE TU ÉTAIS MOOOOORT !!!
OUIIIIIIN
C'EST QUOI CES PLEURS, ON DIRAIT UN GAMIN DE PRIMAIRE !
Ouah, il n'est pas encore complètement réveillé...

TOUS LES SOIRS...
À CHAQUE FOIS...
À CHAQUE FOIS...
À PLUS.

JE VOUS INTERDIS DE LE TOUCHER AVEC VOS SALES MAINS.
REGARDE DANS QUEL ÉTAT TU ES !
LA FERME !
NE T'ARRÊTE PAS PAR PEUR DES REGRETS.
VA DE L'AVANT, TOUJOURS DE L'AVANT.
QUI D'AUTRE QUE MOI SERAIT CAPABLE DE RESTER À TES CÔTÉS POUR TE PROTÉGER ?

J'AI CRU QUE TU ALLAIS MOURIR.
COMMENT TU VEUX QUE JE MEURE AVEC DE SIMPLES ÉGRATIGNURES ?
TU NE VOIS PAS QUE JE SUIS REVENU ?
Arrête de radoter.
Pfouuu
ちーん
Vas-y, mouche-toi.
LORSQUE JE T'AI APERÇU...
EN SANG CE JOUR-LÀ...
JE T'AI TROUVÉ... PUREMENT SUBLIME...

ALORS QUE TU ÉTAIS BLESSÉ APRÈS AVOIR RISQUÉ TA VIE POUR MOI...
J'AI ÉTÉ INCAPABLE DE T'AIDER !
D'UNE BEAUTÉ INCROYABLE...
JE NE SUIS PAS DIGNE DE TE PARLER !
JE NE SUIS PAS NORMAL !!

MAIS TU NE SAIS PAS VIVRE AUTREMENT, N'EST-CE PAS ?
QUE JE MEURE OU QUE TU DEVIENNES FOU, C'EST TA FAÇON DE VIVRE.
OUI... JE SUIS INCAPABLE DE FAIRE QUOI QUE CE SOIT POUR TOI.
J'EN SUIS CONSCIENT... MAIS MALGRÉ CELA... J'AI SI PEUR...
DE TE LAISSER PARTIR !

NE T'EN FAIS PAS.
QUELS QUE SOIENT TES CHOIX OU TA FAÇON DE PENSER, JE NE REGRETTERAI JAMAIS RIEN ET JE NE TE LAISSERAI ÉPROUVER AUCUN REMORDS.
MÊME SI NOUS FAISONS FAUSSE ROUTE, MÊME SI NOUS NOUS ÉGARONS, NOUS N'AURONS QU'À EN RIRE À LA FIN ET C'EST TOUT.

YUKARI, C'EST L'HEURE DE SE LEVER.
TU VAS DORMIR JUSQU'À...

UN SI JOLI MENSONGE / FIN

最

ATTENTION !
Cette bande-dessinée est publiée
dans son sens de lecture original japonais,
les bulles se lisant de droite à gauche.
Vous êtes donc ici à la FIN !

Dépôt légal à parution
ISBN 978-2-35180-781-1

Directeur de collection : Yves Huchez

Traduction : Nicolas Pujol
Correction et adaptation : Elishtar

Conception graphique : Jef.Mod
Adaptation graphique et lettrage : Virginie Houdelet
Imprimé en France par Imprimerie Jouve